와글바글 동물 옛이야기

글 김세진, 김순애, 김시언, 김효경, 민병숙, 백혜영, 이민숙,
　임민영, 장은영, 천선옥

보리출판사에서 마련한 '서정오 선생님의 옛이야기 쓰기 교실'에서 옛이야기를 공부했습니다.
입에서 입으로 전해지는 우리의 소중한 것이 들어 있는 옛이야기를 찾아내
다듬어 쓰고, 고쳐 쓰면서 아이들에게 들려주는 일을 신나게 하고 있습니다.
아이들 곁에서 시끌벅적 이야기판이 벌어지길 바라며
'옛이야기 공부 모임'을 꾸준히 이어 나가고 있습니다.

그림 이은주

대학에서 시각 디자인을 공부했습니다.
오랫동안 아이들이 재미있는 상상을 할 수 있는 그림을 그리고 싶은 게 꿈입니다.
그린 책으로《똥뚱뚱 똥깨비 똥 나와라 뚝딱!》《말랑말랑 기억 젤리》
《그림으로 보는 조선왕조실록 5》《팔랑귀 영감, 양반 사셨구려!》《아이 돌보는 고양이, 고마워》
《거짓 소문을 밝혀라》《한국사 재판 실록》《전설의 다람쥐》《아이작 뉴턴, 운동의 법칙을 밝히다》
《딱 한마디 한국사》들이 있습니다.

감수 서정오

안동교육대학과 대구교육대학을 졸업한 뒤 오랫동안 초등학교에서 어린이들을 가르쳤습니다.
한국글쓰기교육연구회 회원으로, 옛이야기를 새로 쓰고 들려주는 일을 꾸준히 해 오고 있습니다.
그동안 쓴 책으로 〈옛이야기 보따리〉(모두 10권) 〈철따라 들려주는 옛이야기〉(모두 4권)
〈서정오의 우리 옛이야기 백 가지〉(모두 2권)《팥죽 할멈과 호랑이》《정신없는 도깨비》
《옛이야기 들려주기》《옛이야기 되살리기》《깔깔 옛이야기》
《신통방통 옛사람 이야기》들이 있습니다.

와글바글 동물 옛이야기

김세진, 김순애, 김시언, 김효경, 민병숙,
백혜영, 이민숙, 임민영, 장은영, 천선옥 글
이은주 그림 | 서정오 감수

보리

사람 같은 동물, 동물 같은 사람 이야기

서정오

수수께끼 하나.

호랑이, 토끼, 여우, 원숭이, 자라, 수달, 두꺼비, 두더지, 쥐, 소, 개, 닭, 메뚜기, 개미, 꿩, 거북……. 이 동물들이 다 나오는 곳은?

그렇지. 바로 옛이야기야.

옛이야기에는 사람과 함께 수많은 동물들이 나오지. 이들은 말도 하고 생각도 하고, 옳고 그름을 가리기도 하고 여럿이 어울려 살아갈 줄도 알아서, 겉만 동물이지 속은 사람과 똑같단다. 또 서로 돕거나 싸우는 것도, 믿고 속이는 것도, 마음씨 착하거나 욕심 부리는 것도, 똑똑하고 어리석은 것도 사람 모습을 빼닮았지.

옛이야기를 만든 우리네 옛사람들은 모든 동물들을 함께 살아갈 동무로 여겼던 것 같아. 집짐승이든 산짐승이든 들짐승이든 새든 물고기든 벌레든, 농사짓고 고기 잡으며 사는 백성들에게 동물은 싸워 이겨야 할 상대도 아니고, 가지고 놀다 버릴 장난감 같은 건 더더욱 아니었어. 어디까지나 사람과 함께 사는 정다운 이웃이었지.

이 책에는 바로 그런 동물들이 나오는 옛이야기가 모여 있단다. 이야기 가운데는 동물들끼리 서로 말과 생각을 주고받으며 살아가는 이야기도 있고, 동물과 사람이 어울려 오순도순 사이좋게, 또는 옥신각신 다투기도 하며 살아가는 이야기도 있어. 동물에 빗대어 사람의 잘못된 모습이나 못난 모습을 꼬집는 이야기도 있고, 사람보다 나은 동물의 모습에서 배울 점을 찾을 만한 이야기도 있지.

옛이야기는 어느 것이나 옛사람들의 삶과 꿈을 담고 있는데, 동물 이야기도 마찬가지야. 옛이야기에 가장 흔히 나오는 호랑이를 보아도 크게 두 가지 모습이 있거든. 착하고 어진 모습과 모질고 사나운 모습이 그것이지. 늘 어려움에 부대끼며 사는 사람들이 뭔가에 기대고 싶은 꿈은 착하고 어진 호랑이를, 실제로 삶 속에서 겪는 두려움은 모질고 사나운 호랑이를 그려 낸 것 같아.

이렇듯 옛이야기 속에 나오는 동물들 모습에서 우리 사는 세상 사람들의 갖가지 모습을 찾아내 견주어 보는 건 굉장한 경험이 될 거야. 하지만 모든 이야기를 다 그렇게 읽어야 하는 건 아니란다. 그저 한바탕 웃어넘기거나 부담 없이 즐기기만 해도 좋은 이야기도 많으니 가벼운 마음으로 읽어 보렴. 생각보다 꽤 쏠쏠한 재미가 기다리고 있을 테니까.

차례

이 책을 읽는 어린이들에게
사람 같은 동물, 동물 같은 사람 이야기 서정오 • 4

주머니 하나 꾀와 지혜를 기르는 이야기

주머니 둘 믿거나 말거나 한 이야기

주머니
셋

옛사람과 동물들 이야기

주머니
하나

꾀와 지혜를
기르는 이야기

호랑이 발 방아

천선옥

옛날 옛적 깊은 산속에 네 아이를 둔 부부가 살았어.

부부는 가난했지만 아이들만큼은 배불리 먹이고 싶었지.

그래서 남의 집에 잔치가 있으면 일을 해 주고

품삯을 받아 와 아이들을 키웠어.

틈나는 대로 좁쌀 농사도 부지런히 지으면서 말이야.

하루는 부부가 고개 너머 잔칫집에 일하러 가게 되었어.

먼 길이라 집에 늦게 올 것 같았지만

부부는 아홉 살 된 큰아이를 믿고 다녀오기로 했지.

"애야, 일하러 갔다 올 테니 네가 동생들 잘 데리고 있어라.

감자 쪄 두었으니 나누어 먹고.

올 때 떡하고 고기 갖고 오마. 문단속 잘하고."

부부는 큰아이에게 단단히 이르고 길을 떠났어.

아이들은 부모가 간 뒤에 방에서 재미있게 놀았지.

한참 놀고 있는데 배에서 꼬르륵 소리가 나.

큰아이는 얼른 동생들에게 감자를 나누어 주었어.

　"이건 막내 거, 이건 셋째 거, 이건 둘째 거, 요건 내 거."

　이러면서 말이야.

　그때 마침 배고픈 호랑이가

아이들 집 앞을 지나가다 말소리를 들었어.

호랑이는 슬금슬금 방문 앞으로 다가갔지.

　"이건 막내 거, 이건 셋째 거, 이건 둘째 거, 요건 내 거."

　호랑이는 문틈으로 방 안을 들여다봤어.

아이들이 올망졸망 놀고 있는 거야.

　"으흐흐, 고놈들 참 맛있겠다."

　호랑이는 입맛을 쩝쩝 다셨지.

　"아버지 어머니가 떡이랑 고기를

　가져온다고 했는데 언제쯤 오실까?

　생각만 해도 군침이 넘어간다. 그치, 얘들아?"

　큰아이 말을 들은 호랑이는

집 안에 어른들이 없다는 걸 알았어.

어서 빨리 아이들을 잡아먹고 싶은 마음에

다짜고짜 앞발로 문에 구멍을 뚫었지.

갑자기 문구멍으로 호랑이 앞발이 쑥 들어오니
아이들은 깜짝 놀랐어.

둘째, 셋째, 막내는 이불 속으로 쏙 들어가고,
큰아이는 재빨리 숟가락을 문고리에 꽂았지.
그러고는 자기도 이불 속으로 들어갔어.

호랑이는 발을 빼고 뚫린 문구멍으로 방 안을 들여다보았지.
그런데 어찌 된 일인지 아이들이 안 보이네?
이불 속에 숨었으니 보일 리가 있나.

"아니, 요놈들이 어디에 숨은 거야?"

앞발로 방문을 잡아당겨 보았지만
문고리에 숟가락이 걸려 열리지가 않거든.

화가 난 호랑이는 휘익 지붕으로 뛰어올라
앞발로 비비적대어 지붕 한쪽에 구멍을 내었지.

그러고는 뚫린 구멍으로 뒷발을 내렸어.

그런데 웬걸, 발이 바닥에 닿지를 않네.

　호랑이는 발을 뺐다가 다시 내렸어.

그래도 닿지를 않으니 다시 뺐다가 내렸지.

그러기를 몇 번이나 되풀이했어.

이때 큰아이가 이불 틈으로 얼굴을 내밀고 천장을 올려다보니

호랑이 발이 내려왔다 올라갔다 하잖아?

그 모습이 마치 방아를 찧는 것 같단 말이야.

　큰아이는 퍼뜩 한 가지 꾀가 떠올랐어.

얼른 부엌에서 절굿공이를 가져다가

호랑이 발에 대고 새끼줄로 칭칭 감았지.

　지붕에 있던 호랑이는 갑자기 발이 무거워져서

다시 끌어 올리려고 용을 썼어.

그런데 절굿공이가 무거워서 맘대로 안 되거든.

낑낑거리며 억지로 발을 들어 올리다가 힘이 빠져서 쑥 내리고,

또 들어 올리다가 내리고, 이러기를 되풀이했지.

　그 바람에 호랑이 발에 매달린 절굿공이가

방바닥에 쿵 닿았다가 올라가고,

또 쿵 닿았다가 올라가고, 이런단 말이야.

호랑이 발이 절구 방아가 된 거지.

아이들은 방 한쪽에 둔 자루에서

좁쌀을 꺼내어다가 그 밑에 갖다 놓어.

그러니까 호랑이 발 방아가 쿵덕쿵덕 좁쌀을 아주 잘 찧네.

다 찧으면 다른 좁쌀을 갖다 놓고 또 갖다 놓고 했지.

호랑이가 힘에 부쳐 잠깐 쉬기라도 하면

아이들은 아버지 곰방대로 호랑이 발을 탕탕 쳤어.

그러면 호랑이가 깜짝 놀라

또 발을 들어 올리다가 쿵 떨어뜨리기를 되풀이했지.

"아이고, 나 죽겠다. 어흐응 끄응, 어흐응 끄응."

호랑이는 힘이 들어 죽을 맛이야.

끙끙 앓는 소리를 내면서도 자꾸만 뒷발을 올렸다가 내렸다가 했지.

그러다 보니 어느새 그 많던 좁쌀을 다 찧었네.

부부는 한밤이 되어서야 집에 돌아왔어.

그런데 지붕 위에 웬 커다란 것이 넙죽 엎드려 있거든.

가만히 보니 호랑이야.

방아 찧느라고 힘이 다 빠진 호랑이가 죽어 널브러진 거지.

놀란 부부는 얼른 방으로 들어가 봤어.

혹시나 아이들이 다치지 않았는지 살펴봤지만 모두 멀쩡해.

게다가 방아 찧으려고 놔둔 좁쌀을

누군가 모두 말끔하게 찧어 놨지 뭐야.

　부부는 아이들을 깨워 이야기를 듣고 나서야
어찌 된 일인지 알았어.
　그다음엔 어떻게 되었느냐고? 어떻게 되긴.
부부는 호랑이 가죽을 팔아 집과 땅을 사서 가난에서 벗어났지.
아이들도 병 없고 탈 없이 잘 자랐어.
이렇게 온 식구가 오래오래 행복하게 살았더래.

호랑이에게 잡아먹힐 팔자

임민영

옛날 옛적 어느 마을에 한 부부가 살았어.

집안 살림도 넉넉하고 부부 사이도 좋은데,

늦도록 아이가 없어 걱정이야.

그래 날마다 맑은 물 떠다 놓고 정성껏 빌었지.

"삼신할머니, 삼신할머니.

예쁜 아기 하나 갖게 해 주십시오."

삼신할머니가 그 소원을 들어주었는지,

부부는 얼마 뒤에 사내아이 하나를 낳았어.

그러니 그 아이가 얼마나 귀해? 금이야 옥이야 애지중지 키웠지.

하루는 스님이 동냥을 하러 왔어.

아이 어머니가 쌀을 한 바가지 가득 시주*하고 돌아서는데,

---

*시주: 절이나 스님을 도우려고 돈이나 곡식 따위를 베푸는 것.

스님이 아이를 보고는 혀를 끌끌 차는 거야.

"어린것이 참 안됐구나."

"스님, 왜 그러십니까?

우리 아이에게 무슨 문제라도 있습니까?"

"아이가 몇 살인지요?"

"다섯 살입니다."

"안타깝지만 이 아이는 열다섯에

호랑이에게 잡아먹힐 팔자입니다."

이게 웬 날벼락이야? 가슴이 철렁 내려앉고 눈앞이 캄캄하지.

부부는 스님에게 매달려 애원했어.

"어렵게 얻은 소중한 아이입니다. 제발 살려 주십시오."

스님은 잠깐 생각하더니,

"나를 따라가면 그 팔자를 피하게 해 주겠습니다.

산속에서 열다섯 살까지, 딱 열 해만 살다 돌아오면 됩니다."

하는 거야.

어쩌겠어? 부부는 눈물을 삼키며 아이를 떠나보냈지.

아이는 스님을 따라 깊은 산속으로 들어갔어.

어찌나 깊은지 사람이라곤 그림자도 구경 못 하는 곳이야.

그렇게 산속 외딴집에서 스님과 함께 살게 되었지.

그 집에 뒷방이 하나 있는데,

웬일인지 거기엔 스님이 얼씬도 못 하게 해.

아이는 뒷방에 무엇이 있을까 늘 궁금했지.

하루는 스님이 집을 비운 사이 그 방에 몰래 들어가 봤어.

거기에 무엇이 있는고 하니,

낡은 책들이 있는 거야.

아 그런데 그게 둔갑술 책이더란 말이지.

아이는 스님 없는 틈에 책을 꺼내어 보며 조금씩 둔갑술을 익혔어.

이러구러 열 해가 흘러

내일이면 아이가 집으로 돌아가는 날이야.

아이는 저녁 준비를 마치고 고단했던지 깜빡 잠이 들었네.

그런데 꿈에 머리 허연 노인이 나타나서는

"어서 일어나 도망가거라.

그러지 않으면 오늘 밤 호랑이에게 잡아먹힐 것이다.

너를 데려온 자는 진짜 중이 아니라 중으로 둔갑한 호랑이니라."

하는 거야.

꿈을 깬 아이는 아무래도 꺼림칙해서 스님 방으로 살그머니 가 보았지.

문구멍을 뚫고 방 안을 들여다보니

글쎄, 스님 엉덩이 밑으로 굵직한 호랑이 꼬리가 보이지 뭐야?

두 손은 털이 북슬북슬한 데다

발톱까지 뾰족뾰족 나 있는 게 영락없는 호랑이야.

'어이쿠, 정말 호랑이잖아? 얼른 도망치자.'

아이는 살금살금 집을 나와 있는 힘껏 뛰었어.

한참 가는데 뒤에서 섬뜩한 목소리가 들려와.

"네 이놈, 어딜 가느냐? 게 섰거라!"

뒤를 돌아보니 스님이 성큼성큼 달려오고 있어.

이러다간 금방 붙들리게 생겼거든.

아이는 그동안 익힌 둔갑술을 떠올렸지.

"토끼! 호이얍 후!"

얼른 토끼로 둔갑해 날래게 도망치는데,

온 산에 호랑이 울음소리가 쩌렁쩌렁 울리네.

스님이 그제야 본모습인 호랑이로 돌아가 뒤를 쫓아오나 봐.

토끼가 어떻게 호랑이 걸음을 당해 내겠어?

금세 따라잡히게 생겼지.

아이는 재빨리 제비로 둔갑했어.

하늘 위로 휘리릭 날아오르니 가까이에 마을이 보인단 말이야.

'마을 한가운데로 숨어들면 못 찾겠지.'

그런데 이걸 어째?

이번에는 호랑이가 매로 바뀌어서 뒤를 바싹 쫓는 거야.

하는 수 없이 눈앞에 보이는 집 부엌으로 숨어들었어.

둘러보니 깨가 가득 든 단지가 보이거든.

옳거니 하고 깨로 바뀌어 단지 안으로 쏙 들어갔지.

매로 둔갑한 호랑이도 금세 부엌으로 들이닥쳤어.

부엌 안을 쓱 둘러보고 냄새도 킁킁 맡더니,

"흥, 요 조그만 녀석이 제법이구나."

하고는 깨 단지를 바닥에 휙 쏟아 버리고 냉큼 쥐로 변하네.

깨를 몽땅 주워 먹으려고 말이야.

그 순간, 아이는 잽싸게 고양이로 둔갑해

쥐가 옴짝달싹할 새도 없이 콱 물어 죽였어.

아무리 호랑이가 둔갑한 쥐라도 고양이 앞에서야 별수 있나.

쥐가 죽으니 본디 모습인 호랑이로 돌아가더래.

아이는 죽은 호랑이를 짊어지고 집으로 돌아갔어.

열 해 동안 기다린 귀한 아이가 잘 커서 돌아왔으니 얼마나 반가워?

아버지 어머니가 버선발로 뛰쳐나와 반겼지.

그 뒤로 장가도 들고 자식도 낳고,

부모님 잘 모시며 행복하게 살았대.

그렇게 어제까지 살았다지?

비지 배지 덩더쿵

민병숙

옛날 옛적 어느 마을에 머슴살이하는 총각이 있었어.

주인집에서 세 해가 넘도록 힘들여 일했는데,

구두쇠 영감이 달랑 돈 석 냥 주고 내쫓지 뭐야.

총각은 억울했지만 양반인 영감을 이길 수 있나?

그거라도 주머니에 넣고 길을 떠났지. 세상 구경이나 하려고 말이야.

가다가 산속에서 잠깐 쉬고 있을 때야.

새 한 마리가 날아오더니 '비지 비지' 하고 우는데

그 소리가 참 신기하거든.

총각이 새한테 물었어.

"새야 새야, 넌 어떻게 '비지 비지' 하고 우니?"

"돈 한 냥 주면 가르쳐 주지."

그래서 한 냥을 줬지.

그러자 새가 깃털 하나를 뽑아서 줘.

"요걸 맨살에 붙이면 '비지 비지' 소리가 나지."

총각이 깃털을 손에 붙이고 걸었더니

정말로 '비지 비지' 소리가 나네.

고개 하나를 넘는데,

이번에는 '배지 배지' 하고 우는 새가 있어 물었지.

"새야 새야, 어떻게 하면 '배지 배지' 하고 우니?"

"돈 한 냥 주면 가르쳐 주지."

한 냥 주니까 또 깃털 하나를 뽑아 줘.

"요걸 맨살에 붙이면 '배지 배지' 소리가 나지."

총각이 이것도 손에 붙이고 걸었지.

그랬더니 걸을 때마다 '비지' 다음에 '배지' 소리가 나.

"비지 배지, 비지 배지, 비지 배지……."

이렇게 장단을 맞추니 재미있거든.

또 고개 하나를 넘으니,

이번에는 '덩더쿵 덩더쿵' 하고 우는 새가 있지 뭐야.

총각이 또 물었지.

"새야 새야, 너는 어떻게 '덩더쿵 덩더쿵' 하고 우니?"

"돈 한 냥 주면 가르쳐 주지."

마지막 남은 돈 한 냥을 줬더니 이 새도 깃털 하나를 뽑아 줘.

"요걸 맨살에 붙이면 '덩더쿵 덩더쿵' 소리가 나지."

깃털 세 개를 손에 붙이니까,

한 발짝에 '비지' 두 발짝엔 '배지'

세 발짝에 '덩더쿵' 하는 거야.

"비지 배지 덩더쿵, 비지 배지 덩더쿵, 비지 배지 덩더쿵……."

이렇게 장단을 맞추니까 얼마나 재밌어?

어깨춤이 절로 나오거든.

이렇게 뛰고 춤추면서 가다 보니 커다란 나무가 보여.

총각은 잠깐 쉴 겸 나무 아래 누워서 잠을 잤지.

한창 잘 자는데 누가 다리를 걷어차며 호통을 치는 거야.

눈을 떠 보니 바로 머슴살이하던 집 구두쇠 영감일세.

"이놈, 양반이 뙤약볕에 서 있는데

머슴이 그늘을 차지하고 자빠져 자느냐?"

총각은 못된 영감을 골려 줘야겠다고 마음먹었어.

영감 뒷덜미에 깃털 세 개를 몰래 붙였지.

그러니 어떻게 됐겠어?

영감이 한 발을 내딛으니 '비지' 하고,

두 발을 내딛으니 '배지' 하고,

세 발을 내딛으니 '덩더쿵' 하지.

"어이쿠, 이게 뭔 소리야?"

빨리 걸으니,

"비지배지덩더쿵, 비지배지덩더쿵……."

천천히 걸으니,

"비지이이 배지이이 더엉더어쿠우웅,

비지이이 배지이이 더엉더어쿠우웅……."

귀신에 홀린 것 같아서 냅다 뛰니까,

"삐지빼지떵더꿍, 삐지빼지떵더꿍……."

이런단 말이야.

마을에 들어서니 길에 사람들이 많거든.

영감이 점잔을 빼느라고 '에헴에헴' 헛기침을 하니까,

　"에헴에헴 비지 에헴에헴 배지 에헴에헴 덩더쿵……."

하네. 이러니 사람들이 우스워 죽겠다고 깔깔 웃어 댔지.

영감은 얼굴이 벌게져서 집으로 뛰어들어 갔어.

걷기만 하면 '비지 배지 덩더쿵' 하니까 큰 병이 난 것 같잖아.

　동네방네 이름난 의원들을 불러 보았지만 아무도 못 고쳐.

이때 총각이 나타나서 돈 백 냥만 주면 병을 고쳐 보겠다고 했어.

그 백 냥이 세 해 머슴살이 새경*에 맞먹는 돈이었거든.

　영감은 냉큼 돈 백 냥을 내놓으며 어서 고쳐 달라고 졸랐어.

　총각은 여기저기 살피는 척하면서

'덩더쿵' 깃털을 하나 떼어 냈어.

그러고 나서 걸어 보라고 했지.

　영감이 걸으니,

　"비지 배지, 비지 배지, 비지 배지……."

하거든. '덩더쿵' 소리 안 나는 것만 해도 어디야?

　총각이 이번엔 '배지' 깃털을 떼어 내고서 걸어 보라고 하니,

　"비지 비지, 비지 비지, 비지 비지……."

하네. 소리 두 가지가 없어졌으니 얼마나 좋아?

*새경: 옛날에 머슴이 한 해 동안 일한 값으로 주인한테서 받던 돈이나 곡식.

　총각은 '비지' 깃털도 마저 떼어 내고서 걸어 보라고 했지.

　영감이 걸으니 아니나 다를까,

이제 아무 소리도 안 나. 병을 다 고친 거지.

　이렇게 해서 총각은

세 해 동안 일한 머슴살이 새경을 제대로 받아 냈어.

새 깃털도 다시 찾아서,

'비지 배지 덩더쿵' 춤을 추며

세상 곳곳을 다녔다나 어쨌다나.

꼬리에 꼬리를
무는 이야기

임민영

옛날 어느 마을에 이야기를 좋아하는 부자 영감이 살았어.

얼마나 이야기를 좋아했느냐고?

이 영감에게 딸이 하나 있었거든.

이야기 잘하는 사람을 사위 삼겠다고

동네방네 방을 붙였으니 말 다 했지 뭐.

같이 살면서 평생 이야기나 들으려고 말이야.

소문을 듣고 동네 총각들이 줄지어 찾아왔어.

부잣집 사위가 된다니 얼씨구나 좋다,

무슨 이야기든 일단 하고 보자 한 거야.

"옛날 옛적 갓날 갓적 호랑이 담배 피우던 시절……."

부자 영감이 들어 보니 다들 한다는 이야기가 하나같이 시시하거든.

이미 줄줄 외고 있는 이야기도 많았지.

　그러니 총각들이 이야기를 마치면 못마땅한 얼굴로,

　"에이, 재미없어. 불합격이야."

해 버리네.

　그 가운데에는 제법 이야기를 술술 푸는 총각도 있더란 말이야.

그러면 부자 영감이,

　"어디 다른 이야기도 좀 해 보게."

하면서 자꾸만 이야기를 시키는 거야.

아무리 이야기 잘하는 사람도 그렇게 하루 이틀 하고 나면

아주 나가떨어져 버리는 거지.

그렇게 이야기를 더 못 하면,

영감이 절레절레 고개를 저어.

"에이, 자네도 불합격!"

이러니 웬만한 총각들은 그냥 돌아서야 했지.

하루는 허름한 총각 하나가 이야기를 하겠다고 찾아왔어.

영감이 딱 보아하니 뭐 별거 없을 것 같거든.

그래도 먼 길 왔다니 이야기는 들어 줘야지.

"시작해 보게나."

"그런데 영감님,

적어도 이야기 하나는 끝까지 들어 봐 주시는 거지요?"

"그렇지."

"약속하신 겁니다."

부자 영감은 속으로,

'흥, 이야기나 잘할 것이지, 웬 말이 많아?'

하고 콧방귀를 뀌었지.

총각은 큼큼 헛기침하고는 이야기를 시작했어.

"옛날 옛적 나라에 큰 흉년이 들었습니다.

사람이고 짐승이고 할 것 없이

먹을 것이 똑 떨어졌지 뭡니까.

쥐들도 더는 못 살겠던지 여럿이 모여 의논을 했다지요.

'여기서 계속 살다가는 굶어 죽게 생겼으니,

저 넓은 중국 땅으로 가자.'

하고 말입니다. 그렇게 조선 팔도 쥐들이

죄다 한양으로 모여서는 줄지어 북쪽으로 올라갔답니다.

가다 보니 큰 강 가까이 다다랐지요.

이 강을 어떻게 건널까 하다가,

뒤에 선 쥐가 앞에 선 쥐 꼬리를 물고

차례차례 물속으로 들어가기로 한 겁니다.

그래서 쥐들이 꼬리에 꼬리를 물고 주욱 늘어섰겠지요?"

"응, 그렇지."

부자 영감이 대충 고개를 끄덕였어.

총각은 침 한 번 꼴깍 삼키고는 다시 이야기를 이어 갔지.

"자, 가장 앞선 쥐가 '텀벙' 하고 물에 뛰어드니,

그 뒤에 선 쥐가 또 '텀벙' 하고 빠지는 겁니다.

그러니까 그다음 쥐가 꼬리 물고 텀벙,

또 하나가 꼬리 물고 텀벙,

또 하나가 꼬리 물고 텀벙……."

그러자 이야기를 듣던 부자 영감이 버럭 성을 내는 거야.

"이보게! 꼬리 물고 텀벙만 벌써 몇 번째인가?

어서 다음 이야기를 하게!"

"아유 영감님도 참 성격 급하십니다.

조선 팔도에 쥐가 얼마나 많겠습니까?

이 쥐들이 강에 다 들어가야 다음 이야기를 할 수 있지요.

기다려 보십시오.

끝까지 들어 주신다고 약속하지 않으셨습니까?"

부자 영감도 약속을 했으니 할 말이 없는 거야.

"아, 알았으니 어서 해 보게."

"예, 그럼 이어 갑니다.

그 뒤에 또 하나가 꼬리 물고 텀벙,

또 하나가 꼬리 물고 텀벙,

또 하나가 꼬리 물고 텀벙……."

총각은 장단까지 맞춰 가며

신나게 '텀벙, 텀벙, 텀벙……'을 이어 갔어.

그러다 어느새 해가 지고 밤이 깊었네.

부자 영감이 저도 모르게 꾸벅꾸벅 졸고 있으니까

총각이 흔들어 깨워.

"영감님, 일어나십시오.

아직 이야기 안 끝났습니다."

부자 영감이 화들짝 놀라 눈을 떴지.

"밤도 깊었으니 내일 마저 하세."

다음 날이라고 별수 있어?

밥 먹는데 따라와서 텀벙, 똥 누는데 쫓아와서 텀벙,

그렇게 사흘 밤낮을 '텀벙 텀벙'거리니 살 수가 있나.

아무리 이야기를 좋아하는 사람이라도 질리기 마련이지.

　부자 영감은 아주 두 손 두 발 다 들고 그만 소리를 꽥 질렀어.

　"그만 됐네, 됐어! 합격! 합격이야!"

　"정말이십니까?"

　총각이 부자 영감 손을 덥석 잡았지.

　그렇게 총각은 부잣집 사위가 되어 한평생 넉넉하게 잘 살았더래.

어제까지도 '꼬리 물고 텀벙'이 끝나지 않고 이어졌다나.

게와 두꺼비

김순애

옛날 옛적 갓날 갓적,

두꺼비가 갓 쓰고 곰방대 물고 다니던 시절 이야기야.

하루는 두꺼비가 장에 갔다가 집으로 돌아오는 길이었어.

잠시 쉬었다 가려고 냇가 바위에 앉았지.

그때 옆으로 설설 기어가는 작은 게와 눈이 딱 마주쳤어.

두꺼비는 난생 처음 보는 참게였어.

커다란 집게발에 털이 북슬북슬 나 있고,

등과 배에는 갑옷을 두르고 있네.

그런데 게가 못 본 척 살금살금 도망을 가지 뭐야.

두꺼비가 목청을 가다듬고 고래고래 소리 질렀어.

"예끼, 버릇없는 녀석! 어른을 보면 인사를 해야지.

슬슬 피하는 건 무슨 예의냐?"

옆으로 설설 기어가던 게는

두꺼비 고함 소리에 걸음을 멈추었어.

가만히 보니까 눈이 툭 튀어나오고 울퉁불퉁하게 생긴 것이

다짜고짜 인사를 안 한다고 야단이거든.

'어라, 저것이 정말로 어른인가? 인사를 해? 말아?'

게는 잠깐 망설이다가 그냥 줄행랑쳤어.

바위 밑으로 잽싸게 들어가려 했지. 그 아래 숨으려고 말이야.

그런데 두꺼비도 만만치 않아.

재빨리 달려오더니 발로 게를 사정없이 콱 누르지 뭐야.

순간 놀란 게는 두꺼비 발을 꽉 물었어.

"아이고, 아파라! 두꺼비 죽네."

화가 잔뜩 난 두꺼비가 게 등을 손으로 꽉 잡고 으름장을 놓았어.

"쪼그만 게 내 발을 물어?

네 다리를 하나씩 떼어 버리겠다."

그 말을 들은 게는 눈을 굴리면서 얼른 둘러댔어.

"어머나, 좋아라!

안 그래도 다리가 너무 많아서 무거웠는데,

다리가 없어지면 가벼워서 더 좋지."

두꺼비는 화가 많이 났지만 뾰족한 수가 없었어.

게가 저리 좋아하는 걸 보니

다리를 떼어서는 아무 소용이 없을 것 같거든.

'이 녀석을 어떻게 혼내 준담?'

그러다가 문득 좋은 생각이 떠올랐어.

뜨거운 불에 넣으면 제까짓 게 어쩔 거야?

그래서 다시 으름장을 놨지.

"이 녀석! 너를 뜨거운 불에 넣어 버리겠다."

그 말을 들은 게가 또 얼른 둘러댔어.

"어머나, 좋아라!

안 그래도 너무 추워서 떨고 있었는데,

불에 넣어 주면 따뜻해서 더 좋지."

두꺼비는 더 화가 났지만 달리 좋은 수가 없었어.

불에 넣어도 좋기만 하다니까,

기껏 애써서 남 좋은 일만 해 줄 수는 없잖아.

두꺼비는 다시 곰곰이 생각했어.

그러다가 게를 혼내 줄 더 멋진 방법을 생각해 냈지.

"이 녀석! 너를 짜디짠 간장에 푹 담가 버리겠다."

그 말을 들은 게가 또 얼른 둘러댔어.

"어머나, 좋아라!

안 그래도 그동안 너무 싱거운 것만 먹어서

짭짤한 게 먹고 싶었는데,

간장에 넣어 주면 더 좋지."

두꺼비는 이번에도 별수 없다는 걸 알고

한숨을 푹 쉬었어.

그러다가 좋은 생각이 번뜩 났네.

"이 녀석! 너를 끓는 물에 풍덩 담가 버리겠다."

그 말을 들은 게가 또 얼른 둘러댔어.

"어머나, 좋아라!

안 그래도 요새 몸이 여기저기 쑤시고 아파서

뜨거운 물에 푹 담그면 나을 것 같았는데,

그러면 더 좋지. 고마워서 어쩌나."

약이 바짝 오른 두꺼비는 한참을 생각하다가,

이제는 정말로 좋은 생각이 난 듯 말했어.

"그러면 너를 저 냇물에 빠뜨려 버려야겠다."

그러자 게가 깜짝 놀라더니

눈물을 뚝뚝 흘리며 비는 거야.

"안 돼, 안 돼! 난 물이 싫어!

물이 싫어서 도망쳐 나왔는데,

다시 물에 빠뜨리겠다니, 그건 정말 안 돼!

난 물에 빠지면 금세 죽고 말 거야.

제발 살려 줘!"

그걸 본 두꺼비는

마침내 게를 혼내 줄 방법을 찾았구나 싶었어.

기분이 좋아서 게를 번쩍 집어 들고 소리쳤지.

"옜다! 이제 혼 좀 나 봐라."

그러고는 게를 냇물 속에 냅다 던져 버렸어.

'이제 게가 물속에서 허우적거리면서 살려 달라고 빌겠지.'

하면서 말이야.

그런데 게는 냇물에 풍덩 빠지자마자

재빨리 헤엄을 치면서 깔깔 웃지 뭐야.

"하하하, 이제야 살았구나!"

　　그러고 나서 뒤도 안 돌아보고

헤엄쳐 멀리멀리 달아나 버리더래.

두꺼비는 저 멀리 사라지는 게를 보며

눈만 끔벅끔벅하고 있더라나.

두더지 짝 찾기

백혜영

옛날에 두더지 처녀가 살았어.

두더지는 땅속을 헤집고 다니는 게 일인데

이 두더지 처녀는 땅속에 사는 걸 싫어했어.

왜냐고? 사람이며 짐승이며 죄다 자기 머리 위를 밟고 다니잖아.

그러니 자기가 너무 보잘것없게 느껴지는 거야.

하루는 아버지 두더지가 두더지 처녀에게 말을 건넸어.

"애야, 건넛마을 두더지 총각이 그렇게 늠름하다더구나.

그 총각하고 혼인하면 어떻겠니?"

두더지 처녀는 아버지 말을 단칼에 잘라 버렸어.

"싫어요, 아버지.

저는 세상에서 가장 높고 힘센 이를 찾아 혼인하겠어요."

그러고는 스스로 신랑감을 찾겠다며 길을 떠났지.

두더지 처녀는 가장 먼저 해를 찾아갔어.

세상에서 가장 높은 곳에 떠 있는 게 바로 해잖아.

두더지 처녀가 해를 보고 자기 마음을 털어놓았어.

"해님, 해님. 저는 세상에서 가장 높고 힘센 이와

혼인하고 싶답니다. 제 짝이 되어 주시겠어요?"

해가 고개를 절레절레 저었어.

"허허, 그렇다면 잘못 찾아왔구나. 나도 구름한테는 상대가 안 된단다.

구름이 왕창 몰려와 나를 덮어 버리면 그만이거든."

가만 들어 보니 맞는 말이잖아.

두더지 처녀는 곧장 구름을 찾아갔지.

"구름님, 구름님. 저는 세상에서 가장 높고 힘센 이와

혼인하고 싶답니다. 제 짝이 되어 주시겠어요?"

구름도 절레절레 고개를 젓네.

"쯧쯧, 그렇다면 나는 너랑 혼인할 수 없구나.

나보다 더 센 게 바람이거든. 바람이 세차게 휙 몰아치면

나는 금세 훅 날아가 버리고 만단다."

가만 들어 보니 맞는 말이야.

더 들을 것 있어? 두더지 처녀는 바람에게 달려갔지.

"바람님, 바람님. 저는 세상에서 가장 높고 힘센 이와

혼인하고 싶답니다. 제 짝이 되어 주시겠어요?"

그러자 바람도 고개를 갸우뚱하네.

"글쎄다. 네가 찾는 짝이 나인지 잘 모르겠구나.

나는 세상에서 돌장승이 가장 무섭거든."

두더지 처녀가 고개를 갸웃했어.

"저기 뒷산에 서 있는 돌장승 말이에요? 돌장승이 왜 무서운데요?"

돌장승은 두더지 처녀도 잘 알아. 어릴 때 아버지를 따라

돌장승 옆에 가서 자주 놀았거든. 돌장승이 크긴 하지만

늘 가만히 서 있기만 하는데 무섭다니 이상했지.

바람이 몸을 부르르 떨며 말했어.

"살다 살다 그 돌장승처럼 강한 건 못 보았단다.

내가 아무리 세차게 불어도 꿈쩍을 안 하더라니까.

세상에 돌장승을 쓰러뜨릴 수 있는 이가 있을까?"

두더지 처녀는 이번에야말로 신랑감을 찾았다고 생각했어.

곧장 돌장승에게 달려갔지. 그러고는 지금껏 신랑감을 찾기 위해

해와 구름과 바람을 찾아갔던 일을 모두 들려주며 간절히 청했지.

"돌장승님, 돌장승님, 제발 제 짝이 되어 주세요!"

돌장승은 한참을 머뭇거리더니 가만히 고개를 저었어.

"흐음, 내가 세상 무서울 게 없긴 하지만,

딱 하나 무서운 게 있는데 말이다……."

두더지 처녀가 얼른 물었어.

"그게 뭔데요?"

두더지 처녀는 돌장승이 무서워하는 이가 누구인지 무척 궁금했지.

아, 그런데 이게 웬일이야? 돌장승이 두더지 처녀를 딱 가리키네.

"바로 너 같은 두더지가 세상에서 가장 무섭단다."

두더지 처녀가 깜짝 놀라 물었어.

"천하의 돌장승님께서 저같이 보잘것없는 두더지가 무섭다고요?

저를 놀리시는 거죠?"

그러자 돌장승이 펄쩍 뛰어.

"너도 한번 생각해 보아라. 너희가 내 발밑에서 땅을 마구 헤집으면

나도 별수 있겠느냐? 그냥 픽 쓰러질 수밖에!"

두더지 처녀는 그제야 깨달았어.

여태 세상에서 가장 높고 힘센 이를 찾아 떠돌아다닌 자기가

얼마나 어리석었는지 말이야.

긴 여행 끝에 두더지 처녀는 집으로 돌아왔어.

그러고는 드디어 자기하고 잘 어울리는 짝을 찾았지.

그게 누구냐고?

누구긴 누구야. 세상에서 가장 늠름하고 멋진 두더지 총각이지.

이렇게 두더지 처녀랑 두더지 총각은 혼인해서

아들딸 낳고 오래오래 행복하게 살았다지?

돌멩이 삼킨 호랑이

김세진

옛날 어느 산속에 욕심 많고 사나운 호랑이가 살았어.

호랑이는 다른 짐승들을 못살게 굴고 닥치는 대로 잡아먹었지.

산속 짐승들은 호랑이 등쌀에 숨도 크게 못 쉬고 숨어 지냈어.

하지만 토끼만은 그러지 않았지.

토끼는 호랑이 보란 듯 일부러 요란하게 돌아다녔지만

한 번도 잡히지 않았어.

호랑이가 쫓아올 때마다 빠른 발로

좁은 나무 사이를 요리조리 피해 도망쳤으니까.

산속 짐승들은 토끼가 언젠가는

호랑이에게 잡아먹히지 않을까 걱정했어.

물론 호랑이도 토끼를 잡아먹고 싶어 안달이 났지.

토끼를 잡으려고 온 산속을 이 잡듯 뒤져도 잡지 못해 화가 잔뜩 났어.

그 모습을 본 토끼는

욕심 많고 어리석은 호랑이를 골려 줄 꾀를 생각해 냈어.

　하루는 호랑이가 어슬렁거리며 먹이를 찾다가

개울가에 우두커니 서 있는 토끼를 봤어.

사실은 토끼가 호랑이 눈에 띄려고

일부러 그러고 있었던 거지만 호랑이는 그걸 모르지.

　옳다구나 하고 토끼 뒤로 살살 다가가서

앞발로 토끼 머리를 냅다 눌렀어.

　"요놈, 이제야 잡았다. 너, 내가 누군지 아느냐?"

　"산중호걸 호랑이님이십니다."

"그래, 잘 알고 있구나. 그동안 잘도 피해 다녔지.

뭘 하고 있기에 내가 오는 줄도 몰랐던 게냐?"

"가재를 찾고 있었습니다."

"가재? 그게 뭐냐? 맛이 좋은 거냐?"

"그럼요! 겉껍질은 바삭하고, 속살은 부드럽고, 달달한 맛이지요."

그 말을 들은 호랑이는 가재를 맛볼 생각에

저절로 입안 가득 침이 고였어.

토끼 잡아먹을 생각은 까맣게 잊어버리고 말이야.

그걸 눈치챈 토끼가 호랑이를 슬슬 구슬렸어.

"제 말대로 하면 가재를 맛볼 수 있습니다."

"정말이지? 거짓말이면 혼날 줄 알아."

호랑이에게서 빠져나온 토끼는

앞발을 들어 개울 아래쪽을 가리켰어.

"저 아래쪽으로 가서 두 눈 꼭 감고 입만 딱 벌리고 있으면 됩니다."

"눈 감고 입만 벌리고 있으면 된다고?"

"네. 그러면 제가 위쪽에서 가재를 몰고 오겠습니다.

가재가 호랑이님 입안에 가득 차거든

그냥 씹어서 꿀꺽 삼키면 됩니다."

호랑이는 얼른 가재를 먹어 보고 싶은 욕심에

토끼 말이 이치에 맞는지 따져 볼 겨를도 없었어.

곧바로 첨벙첨벙 물길을 따라 내려갔지.

"으, 차가워!"

아직 겨울도 아닌데 물속이 얼음장이야.

호랑이는 개울 바닥에 주저앉아 얼굴을 물속에 디밀었지.

입을 쩍 벌리고 있으니 온몸이 덜덜 떨려 왔어.

하지만 꾹 참고 토끼가 가재를 몰고 오기만을 기다렸지.

"자, 갑니다!"

토끼는 개울 위쪽에서 참방참방 물을 헤치며 내려갔어.

가재를 모는 것처럼 이리저리 뛰어다니기도 하고,

큰 돌을 들추어 가재를 찾는 시늉도 하면서 말이야.

그 바람에 이쪽저쪽으로 물방울이 튀고 작은 돌멩이도 튀었지.

호랑이는 흘러드는 물을 꿀꺽꿀꺽 삼키며 이제나저제나 기다렸어.

토끼가 다가올수록 입안으로 뭔가 굴러 들어오는 것이 느껴지네.

동글동글하고 미끌미끌한 것들이야.

어느덧 입안에 가득 찬 느낌이 들었지.

'이게 가재인가?

미끌미끌하고 딱딱한 것이 잘 씹히질 않네.'

호랑이는 가재가 빠져나갈까 싶어 입을 꾹 다물고

'달그락달그락' 혀를 이리저리 굴려 보았어.

그러고는 힘주어 꼭꼭 씹었지.

그랬더니 '빠드득빠드득' 소리가 나면서

이가 금방이라도 부서질 것처럼 아파 오는 거야.

　호랑이는 이거 안 되겠다 싶어

그것들을 씹지도 않고 통째로 꿀꺽 삼켰어.

　짐작했겠지만 그건 다 돌멩이였어.

토끼가 물속을 헤집고 다니며 바닥에 깔린 작고 둥근 돌멩이들을

호랑이 입안으로 굴려 넣은 거야. 호랑이만 그걸 모르지.

　토끼는 시치미를 뚝 떼고 물었어.

　"호랑이님. 가재 맛이 어때요?"

　"어, 먹을 만하긴 한데……. 가재란 것이 꽤 딱딱하구나."

　호랑이는 이가 아픈 것을 토끼에게 들킬까 봐

트림만 '꺼억 꺼억' 하면서 허세를 부렸어.

　"한 번 더 몰아 볼까요?"

　"아니, 아니다. 배불러서 더는 못 먹겠다."

　호랑이는 뱃속 가득 돌멩이만 채우고

자기가 살던 산속 동굴로 돌아갔어.

토끼를 잡아먹으려 했던 건 까맣게 잊어버리고 말이야.

　호랑이는 그날로 배탈이 크게 났지 뭐야.

며칠 동안 똥 눌 때마다

돌멩이가 똥구멍을 막고 있어 배가 무척 아팠어.

　게다가 뱃속에 돌멩이가 잔뜩 들어 있어서
걸을 때마다 달그락달그락 소리도 났지.
　산속 짐승들은 멀리서 달그락거리는 소리가 들리면
호랑이가 나타났다는 걸 알고 일찌감치 도망가 버렸어.
　그러니 호랑이에게 누가 잡히겠어?
호랑이는 몇 날 며칠을 쫄쫄 굶고 다니다가
결국 참지 못하고 산을 떠나고 말았어.
산속 짐승들은 토끼 덕분에
마음 놓고 돌아다니며 살게 되었대.

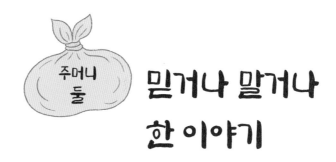

주머니
둘

믿거나 말거나
한 이야기

참게와 원숭이

김시언

어느 가을날에 참게랑 원숭이가 논두렁에서 만났어.

처음 만났지만 금세 친해져서 동무가 됐지. 원숭이가 말했어.

"참게야, 우리 떡 해 먹을까?"

참게도 맞장구쳤어.

"그래, 좋아. 당장 해 먹자."

때마침 추수가 끝난 때였어.

너른 들판에는 볏단이 산더미처럼 쌓여 있었지.

둘은 힘을 합쳐 볏단을 가져다가 떡을 만들기 시작했어.

원숭이가 긴 팔로 볏단을 나르고,

참게가 집게발로 벼를 훑고 껍질을 벗겨서 떡을 안쳤지.

드디어 솥에서 김이 모락모락 나고 떡 익는 냄새가 솔솔 나네.

둘은 떡 먹을 생각에 마음이 몹시 들떴어.

"떡이 다 됐나 보자."

참게가 솥뚜껑을 여니까

뜨거운 김이 술술 나오고 맛있는 냄새가 솔솔 나거든.

참게는 군침을 꿀꺽 삼키며 곁눈으로 힐끔힐끔,

원숭이는 실눈을 뜨고 지그시 떡을 바라봤어.

김이 좀 사라졌나 싶을 때,

갑자기 원숭이가 기다란 팔로 떡을 휙 낚아챘어.

그러고는 나무 위로 쪼르르 올라가 버리네.

"어, 뭐 하는 짓이야? 얼른 내려오지 못해?"

참게가 놀라서 소리쳤지만 원숭이는 들은 척도 안 해.

참게는 화가 머리끝까지 치밀었어.

"떡을 혼자 먹으면 어떡해? 당장 내려와!"

"히히, 이렇게 맛있는 걸 왜 나눠 먹니?"

원숭이는 떡을 호호 불면서 약을 올렸지.

참게는 가슴이 새카맣게 타들어 갔어.

발을 동동 구르면서 원숭이를 쳐다봤지.

그때 원숭이가 썩은 나뭇가지 뒤에 앉아 있는 게

눈에 들어오지 뭐야.

참게는 좋은 생각이 떠올랐어.

혼잣말로 원숭이가 들을 만큼 조그맣게 중얼거렸지.

"그래, 다 먹어라, 다 먹어.

둘이 나눠 먹느니 혼자서 배불리 먹는 게 좋지.

그나저나 떡을 맛있게 먹는 방법을 쟤가 알까 몰라."

참게가 곁눈질로 쳐다보니 원숭이 눈이 동그래지거든.

'옳다, 됐다.' 하고서 또 혼잣말로 중얼거렸어.

"에구, 나뭇가지에 턱 걸어 놓고

식히면서 먹으면 더 맛있을 텐데.

그걸 모르다니, 쯧쯧."

그 말을 들은 원숭이는 '아하, 그렇구나.' 생각했어.

참게의 말이 그럴싸하기도 했고,

떡이 너무 뜨거워 쥐고 있기도 힘들었거든.

그래서 원숭이는 바로 앞에 있는 나뭇가지에 떡을 척 걸었어.

이제 손이 뜨겁지 않으니 살 것 같았지.

'맛있는 떡을 조금씩 떼어 먹어 볼까?'

입맛을 다시면서 막 손을 내미는데,

갑자기 어디선가 바람이 한 줄기 휙 불어오네.

그 바람에 나뭇가지가 흔들흔들하더니

떡이 떨어지려고 하지 뭐야.

"어어, 이를 어째!"

원숭이는 얼른 떡을 집으려고 했지만,

그럴 새도 없이 썩은 나뭇가지가 뚝 부러지고 말았어.

떡은 나무 아래로 털썩 떨어졌지.

밑에서 기다리고 있던 참게가 바로 떡을 낚아챘어.

그러고는 자기가 사는 구멍 집으로 쏙 들어갔지.

"어라, 참게 너 거기 서지 못해?"

원숭이는 소리치면서 얼른 나무 아래로 달려 내려왔어.

그러고는 참게가 들어간 구멍으로 따라 들어가려고 했지.

하지만 구멍이 너무 작아서 들어갈 수가 없네.

원숭이는 구멍에다 대고 소리쳤어.

"동무끼리 이러기냐? 냉큼 나오지 못해!"

참게는 콧방귀만 뀌었지.

"흥, 떡을 먼저 가로챈 게 누군데? 절대 안 나가."

원숭이는 마음이 조급했지.

참게가 떡을 다 먹어 치울 것 같았거든.

"안 나오면 내 엉덩이로 구멍을 막아 버릴 테다!"

하지만 참게는 들은 척도 안 해.

원숭이는 곧장 뒤돌아 엉덩이로 구멍을 틀어막았지.

구멍이 막히니까 캄캄한 건 둘째 치고

갑갑해서 숨쉬기도 힘들잖아.

참게는 바깥에 대고 소리쳤어.

"아이고, 갑갑해. 야, 엉덩이 좀 치워!"

하지만 원숭이는 엉덩이를 치우기는커녕

힘을 더 주어 구멍을 틀어막네.

그러다가 그만 방귀가 뽕 나왔어.

참게는 지독한 방귀 냄새에 숨이 막혀 견딜 수가 없었지.

"혁혁, 참게 살려!"

참다못한 참게가 집게발로 원숭이 엉덩이를 꽉 물었어.

"아얏, 내 엉덩이야!"

원숭이는 너무 아파서 엉덩이를 들어 올렸어.

　　그 바람에 엉덩이 털이 쑥 빠지면서,

털 빠진 자리가 빨갛게 돼 버렸지.

빠진 털은 참게 집게발에 덕지덕지 붙어 버렸고.

원숭이 엉덩이가 빨개지고

참게 집게발에 털이 난 게 이때부터란다.

메뚜기 이마가 벗겨진 까닭

김효경

옛날 옛적 갓날 갓적엔 메뚜기 이마가 지금처럼 매끄럽지 않았대.

털이 덥수룩하게 나 있었다나.

어쩌다 메뚜기 이마가 벗겨졌는지,

그 이야기 한번 들어 볼래?

옛날에 메뚜기랑 개미랑 물총새가 동무해서 살았어.

셋이 생긴 것도 다르고 사는 모습도 다른데 어떻게 친하게 지냈냐고?

그건 말이야, 셋 다 노는 걸 좋아해서 그래.

아침 해만 뜨면 만나서 같이 놀고 먹고 수다 떨고,

또 놀고 먹고 수다 떨고, 저녁에 해가 져야 겨우 헤어졌다지 뭐야.

셋이 달라도 너무 다르니 할 이야기가 좀 많아?

날마다 새로운 이야기가 넘쳐 나지.

하루는 셋이 만나자마자 개미가 하소연했어.

"아이고 허리야. 간밤에 글쎄 어떤 놈이

문 앞에 커다란 호박을 턱 하니 놓고 간 거 있지.

밤새 호박을 짊어 나르느라 허리가 끊어지는 줄 알았네.

내가 힘이 장사라 망정이지

다른 개미였으면 이미 하늘 나라에 갔을걸?"

개미가 푸념 섞인 자랑을 하자 물총새가 껴들었지.

"날 부르지 그랬어. 이 부리로 콕 찍어 휙 던지면 될 텐데."

"너보다 열 배 백 배 더 큰 호박인데?"

"커다란 호박이든 수박이든 문제없지. 날 봐.

총알처럼 빨리 물속으로 날아가 물고기를 낚아채는 거 보면 몰라?

얼마나 빠르면 이름에 '총'이 들어가겠어?

넌 날 따라오려면 죽었다 깨나도 안 될걸?"

개미는 힘자랑을 하려다가

물총새에게 자랑거리만 안겨 주고는 토라졌지.

그때 눈치 빠른 메뚜기가 말했어.

"입이 심심한데 뭐 먹을 거 없을까?"

그러자 물총새가 또 나서네.

"그럼 내가 휙 하니 날아가서 물고기를 잡아 올게. 기다려!"

"잠깐!"

메뚜기는 물총새를 붙잡았어.

물고기를 잔뜩 잡아와서 으스대는 꼴을 보기 싫었던 거지.

"이번엔 내가 갔다 올게. 쉬고 있어."

그러고는 폴짝폴짝 뛰어 논 옆에 있는 도랑으로 갔어.

물총새 기를 꺾으려면 붕어나 잉어 정도는 잡아야 할 것 같았거든.

논두렁에 앉아 살펴보니 팔뚝만 한 붕어가 팔딱팔딱 뛰는 거야.

'옳다구나! 저 붕어를 잡아야겠다.'

메뚜기가 붕어를 막 잡으려고 하는데,

글쎄 갑자기 눈앞이 깜깜해지는 게 아니겠어?

눈 한 번 깜빡였을 뿐인데, 이게 뭐야?

온통 깜깜하고 축축한 곳에 갇혀 버렸네.

어떻게 된 일이냐고? 메뚜기가 붕어를 잡으려는 순간

개구리가 날름 메뚜기를 삼켜 버린 거야.

그런 줄도 모르고 개미랑 물총새는 메뚜기 오기만을 기다렸지.

그런데 아무리 기다리고 기다려도 오지를 않네.

"안 되겠다. 메뚜기 이놈, 혼자 맛있는 걸 먹고 있는 게 아닐까?"

"그래 그럴지도 몰라. 가서 혼내 주자!"

물총새가 앞장서니 개미도 따라나섰지.

둘이 도랑으로 가 보니 무슨 소리가 들려.

가만 들어 보니 메뚜기 소리야.

"아이고, 나 죽네. 나 죽어!"

소리가 도랑에서 들리다가 논 쪽에서 들린단 말이야.

동무들이 소리를 따라가자 개구리 한 마리가 보이는 거야.

물총새는 잽싸게 개구리 다리를 콕 찍어 바닥에 내동댕이쳤지.

놀란 개구리가 입을 쩍 벌리자 그 틈에 메뚜기가 폴짝 튀어나왔어.

동무들 덕분에 죽다 살아난 메뚜기가 뻔뻔하게 한다는 말이,

"아이고 더워라, 헥헥.

내가 개구리란 놈 뒷다리를 붙잡고 휙 돌려서 헥헥,

등에 업었거든? 헥헥, 제대로 업긴 업었는데 너무 무거워서 헥헥,

들고 올 수가 있어야지. 헥헥, 어떻게 알고 마침 너희들이 왔네?"

이러면서 잘난 체하느라고 이마를 손바닥으로 쓱 쓸어 넘겼어.

어찌나 세게 쓸어 넘겼던지 이마에 난 털이 송송 다 뽑히고 말았대.

그 바람에 메뚜기 이마가 홀라당 벗겨졌다는 이야기야.

　그런데 여기서 끝난 게 아냐.

옆에서 허리에 손을 얹고 구경하고 있던 개미는 글쎄,

웃다가 손에 힘을 너무 세게 주는 바람에 그만 허리가 잘록해졌대.

　물총새는 어떻게 됐느냐고? 목숨을 구해 주고도

메뚜기에게 고맙단 소리를 못 들어서 단단히 삐졌어.

한참 동안 입을 쭉 내밀고 있다가 그만 부리가 길쭉해졌다나.

　메뚜기 이마가 벗겨지고, 개미 허리가 잘록해지고,

물총새 부리가 길쭉해진 까닭이 이렇단다.

호랑이 동생

김효경

옛날 옛날에 어떤 총각이 여기저기 떠돌며 엿을 팔러 다녔어.

하루는 엿판을 짊어지고 산을 올라가는데,

저만치 앞에서 커다란 호랑이가 입을 딱 벌리고 앉아 있네?

이를 어째? 도망가도 금세 잡히겠거든.

그런데 뭔가 이상해.

호랑이가 어딘가 많이 불편해 보인단 말이지.

"어어어, 어어어어."

무슨 말을 하려는 것 같은데 도무지 알아들을 수가 있어야지.

가까이 가서 호랑이 입속을 들여다보니

목구멍에 커다란 뼈가 걸렸지 뭐야.

'옳지, 저 뼈 때문에 목이 몹시 아픈가 보군.

뒷일은 어찌 되든 구해 주고 봐야겠다.'

총각은 호랑이 입속에 손을 넣어 목구멍에 걸린 뼈를 빼내 줬어.

그랬더니 호랑이가 넙죽 엎드려 절을 하는 거야.

"아이고, 고맙습니다. 저를 살려 주신 은혜 잊지 않겠습니다."

그러더니 총각을 등에 태워 자기 동굴로 데려가서는

산짐승 고기로 저녁상을 차려 주네.

마침 총각은 배가 고프던 참이라

호랑이가 차려 준 진수성찬을 배불리 먹었어.

먹고 나니 호랑이가 그러는 거야.

"이것도 인연인데 우리 의형제를 맺는 게 어떻겠습니까?

형님으로 모시겠습니다."

"아이고, 나야 호랑이 동생 하나 있으면 세상 무서울 게 없지."

이렇게 해서 둘은 의형제를 맺고

동굴에서 함께 살기 시작했어.

그날부터 호랑이가 총각을

어찌나 알뜰살뜰하게 챙기는지, 말도 못해.

날마다 산짐승을 잡아 와서 배불리 먹이고,

먼 데 갈 일이 있으면 등에 태워서 데려다주고,

이러니 얼마나 좋아.

그렇게 석 달쯤 지났을까?

하루는 호랑이가 대뜸 그러는 거야.

"형님, 장가갈 마음이 있습니까?"

"장가야 가고 싶지마는 나한테 시집올 처자가 어디 있겠나."

"저기 골짜기 아래 한 처자가 쓰러져 있더이다."

총각이 골짜기로 내려가 보니 무슨 일인지

정말로 한 여인이 쓰러져 있어.

총각이 며칠 동안 따뜻하게 불 지피고 미음을 끓여 먹이고 해서

밤낮으로 정성껏 보살피니 기운을 차렸지.

여인은 자기 목숨을 구해 준 총각이 싫지 않았나 봐.

둘은 부부처럼 가까워졌고 곧 혼인을 했어.

혼인을 했으니까 아내에게 동생을 보여 줘야 할 것 아니야?

"내게 동생이 하나 있는데, 보기에 좀 무섭다오.

그러니 만나도 놀라지 마시오."

아내는 그러겠다고 했지만,

동굴 깊숙이 숨어 있던 호랑이가 나타나자마자

놀라서 기절하고 말았어.

그러자 호랑이가 그러지.

"형님, 형수님이 저를 보면 또 쓰러질지도 모르니

제가 이 동굴을 떠나겠습니다."

"네가 가기는 어디를 간단 말이냐?

의형제를 맺었으니 죽을 때까지 함께 살아야지."

"아닙니다. 짐승과 사람이 언제까지고 함께 살 수는 없지요.

날이 밝으면 형수님을 모시고 마을로 내려가십시오.

제 걱정은 말고 부디 행복하게 사십시오."

호랑이는 이 말을 남기고 사라져 버렸어.

아내가 깨어나자 남편은 모든 일을 다 말해 줬어.

그리고 나서 호랑이가 동굴 앞에 쌓아 둔 산짐승 고기를

잔뜩 짊어지고 마을로 갔지.

마을에서는 죽은 줄 알았던 딸이 살아 돌아왔다고 기뻐서 잔치를 열었어.

하지만 형은 호랑이 동생이 눈에 밟혀 조금도 즐겁지 않았지.

그 뒤로 꽤 세월이 흘렀는데,

하루는 밤이 되자 담 너머에서 무슨 소리가 들리는 거야.

"형님, 저 왔습니다."

얼른 나가 보니 호랑이 동생이 와 있어.

그새 많이 늙어 볼품이 없어졌네.

"형님, 제가 늙어서 죽을 때가 다 되었습니다.

죽기 전에 부탁이 하나 있습니다.

내일 제가 마을로 내려와 사람들을 놀라게 할 것입니다.

그러면 저를 잡으라는 방*이 붙겠지요.

그때 형님이 산에 올라와 저를 거둬 주십시오."

＊방: 어떤 일을 널리 알리려고 사람이 많이 모이는 곳에 써 붙이는 글.

"그게 무슨 말이냐? 왜 그런 말을 해?"

하지만 호랑이는 대답도 없이 어디론가 가 버리네.

이튿날이 되니 아니나 다를까,

커다란 호랑이가 마을에 내려와

사람들을 해친다는 소문이 들리지 뭐야.

그러고는 곧 호랑이를 잡는 사람에게 큰 상을 내린다는 방이 붙었어.

그런데도 호랑이가 무서워서 선뜻 나서는 사람이 없었지.

형은 동생이 미리 이야기해 준 대로 산에 올라가 봤어.

정말 호랑이 동생이 거기에 쓰러져 죽어 있더래.

형은 슬퍼하면서 죽은 호랑이를 짊어지고 마을로 내려왔지.

관에서는 호랑이를 잡아 왔다고 형에게 큰 상을 내렸어.

형은 호랑이 동생을 양지바른 곳에 고이 묻어 주었어.

그리고 죽을 때까지 아이들에게

호랑이 삼촌 이야기를 들려주었다는데,

그게 바로 이 이야기란다.

꾀쟁이 수달

이민숙

옛날 옛적, 제주도 바닷가에 사는 수달이

금강산 구경을 나섰어.

깊은 물도 건너고, 높은 봉우리도 넘어

드디어 금강산에 이르렀지.

구름이 산허리에 걸린 금강산은

듣던 대로 참 아름답고 신비로웠어.

계곡에는 수달이 좋아하는 것도 많았지.

수달은 가재랑 새우를 잡아 바위 위에 올려놓았어.

입맛을 다시며 한 입 먹으려는데

토끼 한 마리가 깡충깡충 뛰어오네.

"산에서 처음 보는 것 같은데, 댁은 뉘시오?"

"수달이라 하오. 금강산 구경하러 제주도에서 왔소."

"수달? 여기서 함부로 사냥하면 큰일 나는데…….

호랑이님한테 허락은 받았소?"

토끼가 콧수염을 쓸며 뱅뱅 돌자 수달은 가슴이 쿵덕거렸어.

"흠, 처음이니 내가 호랑이님한테 잘 말해 주겠소.

대신 이것들은 내가 가져가지."

거드름 피우는 토끼에게 수달은

그저 잘 부탁한다며 싹싹 빌기만 했지. 억울하지만 어쩌겠어?

호랑이한테 잡아먹히는 것보다 낫잖아.

"눈 뜨고 코 베인다더니 참 별일이 다 있군.

그래도 여기까지 왔으니 금강산 구경은 제대로 해야지.

설마 구경값을 내라고 하지는 않겠지?"

수달은 상상봉* 꼭대기에 올라 아래를 굽어봤어.

아름다운 풍경을 정신없이 구경하고 있는데,

저 아래에 처음 보는 짐승이 어슬렁거리면서 올라와.

덩치가 산만 한데다 몸통은 얼룩덜룩하고,

눈은 방울을 박아 놓은 것같이 커다랗고 부리부리해.

'어이쿠, 땅에서 힘이 가장 세다는 호랑이인가 보네.

도망갈 곳도 없고 어떡하지?'

걱정하다가 퍼뜩 꾀가 하나 떠올랐어.

*상상봉: 여러 봉우리 가운데 가장 높은 봉우리.

'그래. 호랑이 굴에 붙잡혀 가도 정신만 바짝 차리면 된다잖아.'

수달은 숨을 크게 한번 들이마시고 나서

"호랑아!" 하고 산이 떠나갈 듯이 큰 소리로 외쳤어.

호랑이는 순간 움찔했지.

"누가 나를 함부로 부르느냐? 어떤 녀석인지 몰라도 겁이 없구나."

호랑이가 앞발을 들며 으르렁거리자 수달이 다시 소리쳤지.

"나는 백두산 산신령이다.

이 세상 호랑이를 다 잡아 오라는 옥황상제 명을 받고 왔느니라.

다른 곳 호랑이를 다 잡고 금강산 호랑이만 남았는데,

이제야 나타나는구나."

호랑이는 화들짝 놀랐어.

가만히 올려다보니 산에서 여태 본 적이 없는 동물인데

생김새가 예사롭지 않은 거야.

'정말로 백두산 산신령인가? 묘하게도 생겼네.'

어쩌면 이러다 죽을 수도 있겠다 싶어 겁이 난 호랑이는

냅다 도망치기 시작했어.

정신없이 내달리다가 토끼와 딱 마주쳤네.

"호랑이님, 어딜 그리 급히 가십니까?"

"저 산꼭대기에 나를 잡으러 온 산신령이 있다."

토끼가 호랑이가 가리키는 곳을 올려다보니 아까 본 수달이잖아.

"하하하, 호랑이님.

저 산꼭대기에 있는 짐승은 수달이라는 녀석입니다.

호랑이님이라면 단번에 잡을 수 있을 텐데요."

"싫다, 싫어. 난 안 가련다. 그러다 진짜 죽으면 어쩌려고."

호랑이는 손사래를 쳤어.

토끼는 수달에게 속고 있는 호랑이가 몹시 답답했지.

"정 못 믿겠으면 호랑이님 꼬리와 제 꼬리를 묶고 가요.

수달 고기가 그렇게 맛있대요.

호랑이님, 수달 고기 못 먹어 봤죠?"

호랑이는 귀가 솔깃해졌어.

마침 배도 고프던 차에 입맛이 확 돌거든.

못 이기는 척하고 토끼 꼬리와 자기 긴 꼬리를 꽁꽁 묶었지.

그렇게 해서 둘은 다시 산꼭대기로 올라갔어.

수달은 도망갔던 호랑이가 돌아오는 걸 보고 깜짝 놀랐지.

가만히 보니 아까 그 토끼도 같이 있네.

서로 꼬리까지 묶고서 말이야.

'어허, 토끼 요놈. 내가 두 번은 안 속지.'

수달은 다시 한번 꾀를 냈어.

"토끼야, 드디어 네 할아비 외상값을 갚으러 오는구나.

어서 오너라. 호랑이 가죽으로 갚으려고?

살아 있는 호랑이를 꼬리에 매달고 오다니 참으로 기특하다!"

수달 목소리가 쩌렁쩌렁 울려 퍼지네.

호랑이는 고개를 홱 돌려 토끼를 노려봤어.

"이런 고얀 녀석, 네 할아비 외상값을 갚으려고 나를 속였구나!"

호랑이는 꼬리가 빠지게 후다닥 달아났지.

"아니에요, 호랑이님!"

토끼가 애원했지만,

잔뜩 겁을 먹은 호랑이 귀에는 아무 소리도 들리지 않았어.

토끼는 호랑이 꼬리에 대롱대롱 매달려 갔지.

호랑이는 바위도 펄쩍, 나무도 펄쩍 뛰어넘어 마구 달렸어.

　　그러다 그만 좁다랗게 갈라진 나뭇가지 사이에

꼬리가 탁 걸려 버렸네.

　　"호랑이님, 꼬리 좀 빼 주세요. 아이고! 아야!"

　　묶인 꼬리는 나뭇가지 사이에 끼어 옴짝달싹 못 했어.

토끼는 꼬리가 낀 채 대롱대롱 나뭇가지에 매달려 있게 됐지.

그런데도 겁먹은 호랑이는 무작정 달리기만 하니 어떻게 해?

버티고 버티다 결국 토끼 꼬리가 툭 끊어져 버렸지 뭐야.

그래서 지금까지 토끼 꼬리가 뭉툭하고 잘록하게 남아 있는 거래.

바위가 된 호랑이

백혜영

옛날 깊은 산속에 신선을 모시고 사는 호랑이가 있었어.

신선이 세상에 필요한 일을 할 때마다 호랑이가 나타나서 돕곤 했지.

호랑이는 자기가 신선 못지않게 큰일을 한다고 여겨 늘 우쭐댔어.

하루는 신선이 호랑이를 불렀어.

"네가 할 일이 있다."

호랑이는 가슴이 뛰었어. 신선 얼굴을 보니 이번에도 틀림없이

중요한 일을 맡길 것 같거든. 그래서 자신 있게 말했지.

"뭐든 말씀만 하십시오."

신선이 벙싯 웃으며 말을 이었어.

"남쪽 끝에 하늘과 땅의 신령한 기운이 흐르는

청산도라는 섬이 있다.

그곳에 생명의 기운을 퍼뜨려야겠구나.

하여 영원한 생명 열 가지를 모아야 하느니,

네가 그 열 가지 생명을 만나 청산도로 가라고 전하여라."

신선은 '십장생'이라 불리는 열 가지 생명을 하나하나 일러 주었어.

낮을 환하게 밝히는 해, 밤을 은은히 비추는 달,

땅을 단단히 받치는 산, 땅을 촉촉이 적시는 물,

만물의 바탕이 되는 돌, 단단한 돌도 뚫고 자라나는 소나무,

땅 위를 뛰노는 사슴, 하늘을 나는 학, 바닷속에서 오랜 세월 사는 거북,

그리고 이 모든 생명이 먹을 불로초.

이게 그 열 가지 생명이었지.

신선 말을 듣고 호랑이가 큰소리를 쳤어.

"저만 믿으십시오!"

호랑이는 곧장 길을 떠났어.

그리고 열 가지 생명을 하나하나 찾아다니며 신선의 말을 전했지.

물론 자기 자랑을 하며 뽐내는 것도 잊지 않고 말이야.

그렇게 아홉 가지 생명을 찾아 말을 전한 호랑이는

마지막으로 사슴을 찾아갔어.

사방팔방 마음대로 뛰노는 사슴을 만나는 게 쉽지 않았거든.

드디어 사슴을 찾은 호랑이는 신선 말을 전하며 물었어.

"다들 청산도에 가기로 했단다.

너도 신선님 말을 따르겠지?"

사슴은 호랑이가 묻는 말에 답하는 대신 딴소리를 툭 던지네.

"그런데 너는 그 열 가지 생명 가운데 안 들어가니?"

그 말을 들은 호랑이가 펄쩍 뛰었어.

"물론 들어갈 수야 있지.

그런데 내가 청산도로 가면 우리 신선님은 누가 모시겠어?"

호랑이 말에 사슴이 피식 웃었어.

"참 걱정도 팔자로구나.

신선님이야 누가 모시든 무슨 상관이겠어?

그보다는 네가 열 가지 생명에 들 자격이 없다고 여기신 것 아니야?"

호랑이는 기분이 몹시 나빴어.

어쩐지 사슴보다 못한 대접을 받는 것 같아 자존심도 상했지.

사슴은 얼굴이 붉으락푸르락해지는 호랑이를 보며

고것 참 쌤통이라 여겼어.

그동안 신선을 모신다고 뻐기던 게 생각나

조금 더 골려 주고 싶지 뭐야.

그래서 얄밉게 덧붙였어.

"신선님이 너보다 나를 더 귀하게 여기시나 보구나.

신선님이 그렇게 나를 아끼시니

청산도에 안 갈 수 없겠네.

당장 가겠다고 전해 드리렴."

호랑이는 화가 머리끝까지 나서 도저히 참지 못하고,

그 자리에서 사슴 목을 콱 깨물어 죽여 버렸지.

"쳇, 사슴 따위가 나보다 더 귀하다고?

내가 청산도로 가서

생명의 기운을 얼마나 잘 퍼뜨리는지 보여 주겠어."

호랑이는 그길로 새끼를 데리고 청산도로 들어갔어.

하지만 언제까지나 신선의 눈을 피할 수는 없었지.

신선은 곧 호랑이가 명을 어긴 데다

사슴까지 죽였다는 걸 알고는 크게 꾸짖었어.

"너는 여기 머물 자격이 없다!

신성한 생명의 기운이 퍼지는 걸 방해하지 말고

오늘 밤 달빛이 바다를 비추기 전에 이곳을 떠나거라."

호랑이가 억울해하며 소리쳤어.

"신선님은 정녕 저보다 사슴을 더 귀히 여기시는 겁니까?

고 얄미운 사슴이 저를 얼마나 무시했는데요!"

신선이 벼락같이 호통쳤어.

"어허, 아직도 네 잘못을 뉘우치지 못하는 것이냐?

세상에 더 귀하고 덜 귀한 생명은 없는 법!

만약 내 말을 듣지 않는다면

큰 벌을 받게 될 터이니 그리 알아라."

호랑이는 신선이 그렇게 무섭게 화를 내는 건 처음 봤어.

정말로 큰 벌을 받을까 봐 두려웠지.

그래서 하릴없이 새끼를 데리고 청산도를 떠나기로 했어.

그런데 아름다운 청산도에 이미 마음을 빼앗긴 새끼가

영 말을 듣지 않네.

호랑이는 떠나지 않으려는 새끼를 어르고 달래며

간신히 걸음을 옮겼어.

그런데 호랑이가 미처 청산도를 빠져나가기도 전에

그만 달이 하늘 높이 떠올랐지 뭐야.

　달빛이 바다를 은은하게 비추는 순간,

호랑이는 새끼와 함께 그 자리에 굳어 버리고 말았어.

그러고는 영영 움직이지 못하는 바위가 돼 버렸단다.

청산도 사람들은 그 바위를 호랑이가 변한 바위라 해서

'범바위'라고 불러.

　지금도 청산도에는 바람이 세차게 불 때마다

호랑이 우는 소리가 들린다지.

호랑이가 자기 죄를 뉘우치며 슬피 우는 걸까?

바람 센
아차고개

김세진

옛날에 뭐든 잘 알아맞히는 장님 점쟁이가 살았어.

무슨 일이 어떻게 될지도 척척,

잃어버린 물건이 어디에 있는지도 척척,

잘 알아맞히니 신통방통한 점쟁이라고 소문이 짜하게 났지.

대궐에 사는 임금님도 그 소문을 들었어.

"그 점쟁이가 얼마나 용한지 시험해 봐야겠다."

임금님은 대궐 밖에서 구걸하는 거지를 데려다가

좋은 옷으로 갈아 입혀 점쟁이에게 보냈어.

그리고 앞일을 물어보라 했지.

점쟁이가 점괘를 뽑아 보더니 하는 말이,

"나리께서는 거지가 되어 빌어먹고 살 것입니다."

이러거든.

함께 간 내시들이 옆에서 지켜보다 깜짝 놀랐지.

틀림없이 바로 맞히니까 말이야.

내시들은 대궐에 돌아가 임금님에게 본 그대로 말했어.

임금님은 몸소 점쟁이를 만나 보고 싶어서,

허름한 옷차림으로 점쟁이를 찾아갔지.

그리고 앞일을 물어보았어.

점쟁이는 점괘를 한참 뽑아 보더니 이렇게 말하는 거야.

"백성들을 돌보는 임금님이 될 것입니다."

임금님은 점쟁이가 용하게 알아맞히는 것이 참 신기했어.

그래서 자기가 임금이라는 것을 밝히고 대궐로 데려가서는

신하들에게 자랑을 했지.

"뭐든 잘 알아맞히는 점쟁이를 데리고 왔으니

궁금한 게 있으면 물어보시오."

그런데 신하들은 자꾸 의심을 하는 거야.

임금님은 신하들이 믿을 수 있게

여럿 앞에서 점쟁이를 시험하기로 했어.

신하들이 지켜보는 앞에서 쥐 한 마리를 잡아 오게 한 뒤,

상자 안에 넣고 뚜껑을 꼭 닫았어.

그러고는 점쟁이를 불러 명령했지.

"이 상자 안에 무엇이 들어 있는지 알아맞혀 보거라.

맞히면 큰 상을 내리겠으나,

틀리면 임금과 백성들을 속인 죄로 죽음을 면치 못할 것이야."

점쟁이는 이리저리 점괘를 뽑아 보더니,

"상자 안에는 쥐가 들어 있습니다."

그러는 거야.

임금님은 그것 보라는 듯이 신하들을 둘러봤어.

그런데 신하들은 아직도 미심쩍나 봐.

"쥐가 몇 마리 들어 있는지도 알아맞혀야

참으로 용하다고 할 것입니다."

그래서 임금님이 점쟁이에게 다시 물었어.

"그래, 쥐가 몇 마리 들어 있는고?"

"세 마리가 들어 있습니다."

"뭣이라고?"

임금님은 화가 났어.

신하들 앞에서 그렇게 자랑했는데 틀려 버리다니!

상자 안에는 쥐 한 마리만 넣었잖아.

"임금과 신하들을 속인 죄가 크니

약속대로 벌을 내리겠노라.

여봐라, 당장 이자를 끌고 가 처형하라!"

그러자 군사들이 점쟁이를 끌고 나갔어.

임금님은 괴로웠지.

신하들 앞에서 한 약속을 어길 수 없어 처형하라고 명령했지만,

어디 그렇게까지 하고 싶었겠어?

한참을 괴로워하던 임금님은 퍼뜩 이상한 생각이 들었어.

점쟁이는 분명 상자 속에 쥐가 들어 있다는 것까지 맞췄는데,

왜 한 마리가 아니라 세 마리라고 한 걸까?

뭔가 까닭이 있을 것 같단 말이야.

"여봐라, 지금 당장 상자를 열어 보아라."

신하들이 달려들어 상자를 열어 보니, 아니 이게 웬일이야?

정말로 쥐 세 마리가 들어 있지 뭐야?

자세히 보니 두 마리는 갓 태어난 새끼 쥐야.

임금님과 신하들은 그제야 사정을 알았어.

상자에 넣었던 쥐가

뱃속에 새끼 두 마리를 밴 어미 쥐였던 게지.

　　점쟁이는 그것까지도 훤히 알았던 거야.

　　"빨리 가서 처형을 멈추게 하라!"

　　임금님 명령을 받은 신하가

급히 깃발을 들고 말을 달려 형장*으로 떠났어.

　　대궐에서 고개를 하나 넘으면 형장인데,

고갯마루에 올라서니까 저만치 망나니*가

점쟁이 목을 치려고 칼춤을 추는 게 보이네.

　　신하는 말을 탄 채 깃발을 높이 들었어.

깃발을 내리면 처형하라는 신호거든.

그런데 그때 바람이 세차게 불어와서

깃발이 저절로 내려간 거야.

아무리 힘주어 들어 올려도 안 돼.

　　이때 칼춤을 추던 망나니가

고개를 넘어 깃발을 휘날리며 달려오는 신하를 보았어.

그런데 깃발이 내려갔잖아.

* 형장: 죄지은 사람을 처형하는 곳.
* 망나니: 옛날에 죄인의 목을 베던 사람.

그걸 보고 빨리 처형하라는 신호인 줄 알고 칼을 휘둘렀지.

결국 점쟁이는 망나니 앞에 쓰러지고 말았어.

"아차!"

깃발 든 신하는 안타까워하며 외쳤어.

그때부터 사람들이 그 고개 이름을 '아차고개'라 했대.

해와 달을 문 불개

천선옥

   어쩌다 하늘에 해나 달이 가려져서
잠깐씩 어두워지는 걸 본 적 있지?
그걸 일식과 월식이라고 하는데,
그런 일이 왜 일어나게 되었는지 이야기해 줄게. 잘 들어 봐.
   옛날 아주 먼 옛날에 '까막 나라'가 있었어.
까막 나라 하늘에는 해와 달이 없었지.
해와 달이 없으니 한 줄기 빛도 없을 수밖에.
나라 안은 낮이고 밤이고 온통 어두컴컴했고,
사람들은 살기가 무척 힘들었어.
   멀고 먼 나라에서 까막 나라 임금에게 시집온 왕비는
마음에 병이 생길 지경이었지.
그도 그럴 것이, 왕비가 살던 나라에는 해와 달이 있었거든.

그래서 빛이 있는 자기 나라를 늘 그리워했지.

해가 온 나라 안을 밝게 비추고,

초록 빛깔 나무와 울긋불긋한 꽃을 바라보며 살던 때가

어찌 그립지 않겠어. 어디 그것뿐이야.

밤에는 달이 온 나라 안을 비추니

어디든 마음대로 다닐 수 있었지.

　그런데 까막 나라는 낮이고 밤이고 깜깜해서

마음 편히 다닐 수가 없으니 오죽 답답하겠어.

　하루는 왕비가 임금 손을 잡고 궁궐 안을 거닐다가

한숨을 쉬며 말했지.

　"제가 살던 나라에는 해가 있어

　꽃 색깔과 모양이 어떤지,

　사람들이 무슨 색깔 옷을 입었는지

　한눈에 보였답니다.

　게다가 사시사철 나무와 풀이

　달라지는 모습도 볼 수 있었고……."

　왕비 말을 들은 임금은 그런 나라가 몹시 부러웠어.

안 그래도 깜깜한 나라를 어찌하면 환하게 만들 수 있을까

늘 걱정하고 있었거든.

왕비 말을 들으니 더 안달이 났지.

임금은 생각 끝에 나라를 지키고 있는 불개를 떠올렸어.

'불개라면 해를 가져올 수 있을 거야.'

임금은 당장 불개를 불러들였어.

불개는 쏜살같이 달려왔지.

나라를 지키는 불개 가운데 가장 크고 용감한 이가 왔어.

덩치 큰 불개가 날카로운 이빨을 드러내고 으르렁거리면

사람들은 무서워서 오줌을 지리곤 했지.

게다가 생김새까지 우락부락하고 온몸이 붉은 털로 덮여 있으니

아무도 가까이 가려고 하지 않았어.

"지금 당장 가서 해를 가져오너라!"

임금은 불개에게 명령했어.

불개는 곧장 해를 찾아 떠났지. 몇 날 며칠 먼 길을 달려갔어.

험한 산을 넘고 또 넘어 높은 산꼭대기에 이르렀을 때,

드디어 해를 찾았지.

불개는 힘차게 해를 향해 달려갔지만 해가 너무 뜨거웠어.

해는 불개를 집어삼킬 듯 활활 타올랐지.

불개는 두 눈을 질끈 감고

빨갛게 타오르는 해를 한입에 덥석 물었어.

"컹, 뜨거워!"

불개는 해를 확 뱉어 냈어.

입안이 지글지글 타 버릴 것 같았거든.

그래도 임금 명령이니 어떻게든 해를 가져가야 하잖아.

불개는 또다시 해를 덥석 물었어.

하지만 이번에도 너무 뜨거워 곧바로 뱉어 낼 수밖에 없었지.

몇 번이고 해를 물었다 뱉어 내던 불개는

마침내 기운이 빠져 나동그라지고 말았어.

그렇게 불개는 빈손으로 까막 나라에 돌아갔지.

임금은 해를 가져오지 못한 불개를 보고 몹시 실망했어.

마음이 상한 임금은 그날 밤 왕비와 함께 또 궁궐 안을 거닐었지.

"아, 은은하게 비추는 달빛이라도 있으면 얼마나 좋을까요."

왕비는 자기 나라에 있는 달을 그리워했어.

임금은 불개를 또다시 불러들였지.

"지금 당장 가서 달이라도 가져오너라."

명령을 받은 불개는 곧장 달을 찾아 떠났어.

몇 날 며칠 먼 길을 달리고 험한 산을 넘어

산꼭대기에 이르렀을 때,

불개는 드디어 달을 찾았지.

힘차게 달을 향해 달려갔지만 달은 너무 차가웠어.

달의 차디찬 기운에 온몸이 덜덜 떨려 왔지.

그래도 불개는 꾹 참고 달을 한입에 덥석 물었어.

"컹, 차가워!"

불개는 달을 확 뱉어 냈어.

입이 얼음덩이가 되는 것 같아서 견딜 수 없었던 거야.

그래도 불개는 임금 명령을 생각하고

또다시 달을 덥석 물었지.

하지만 또 곧바로 뱉어 낼 수밖에 없었어.

수없이 달을 물었다 뱉어 내던 불개는

기운이 빠져 주저앉고 말았지.

불개는 또 빈손으로 까막 나라에 돌아갔어.

임금은 이번에도 달을 가져오지 못한 불개를 보고 실망했지.

하지만 어쩔 수 없는 일인걸.

　그 뒤로도 왕비는 가끔씩

해와 달이 있는 자기 나라를 그리워했고,

그럴 때마다 까막 나라 임금은

불개에게 해와 달을 가져오라고 명령한다지.

불개는 그 명령에 따라

해와 달을 삼키다 내뱉는 일을 되풀이하고 말이야.

　이렇게 불개가 해와 달을 입에 물 때마다 세상이 어두워지는데,

이게 바로 일식과 월식이 일어나는 까닭이래.

그게 정말이냐고? 글쎄, 이야기는 그냥 이야기니까……

주머니 셋 옛사람과 동물들 이야기

개구멍 호랑이 똥구멍

민병숙

　　옛날 옛적 어느 산골에

마음씨 고운 아이가 홀어머니와 살았어.

하루는 길을 가는데 강아지 한 마리가 쓰러져 있더래.

털이 듬성듬성 빠지고 가죽은 뼈에 들러붙어 있었다지?

아이는 강아지를 집으로 데리고 왔어.

　　"얘야, 우리 먹을 것도 없는데 어쩌려고 짐승을 데리고 왔느냐?"

　　어머니 걱정에 아이는 사정을 했지.

　　"그냥 두면 죽을 텐데 어찌 못 본 척하겠어요?

　　제 밥을 나누어 먹일 테니 기르게 해 주세요."

　　그날부터 밥 먹으면 밥을 나눠 주고

죽 먹으면 죽을 나눠 주고,

그도 없으면 물이라도 나눠 먹으며 함께 지냈지.

이러구러 석 달쯤 지나니

강아지 털에 반질반질 기름기가 흐르고

짖는 소리도 제법 우렁차졌거든.

게다가 개구멍으로 드나들 때를 보면

어찌나 빠른지 쌩쌩 바람 소리가 날 정도야.

　　그러던 어느 날, 커다란 호랑이가 어슬렁어슬렁 집 앞에 나타났어.

아이랑 어머니는 문을 꼭 닫고 방 안에 숨었지.

그런데 이를 어째, 강아지가 마당에서 멍멍 짖네.

　　"에구머니, 강아지가 마당에 있잖아.

　　저 조그만 강아지가 호랑이를 어찌 당할까?"

아이와 어머니는 걱정이 됐지만,

호랑이가 너무 무서워서 나갈 수가 없었어.

호랑이는 강아지 짖는 소리를 듣고서

'아이고, 시끄럽기도 하군. 저놈부터 잡아먹어야겠다.'

하고 담장을 펄쩍 뛰어넘어 마당으로 들어갔어.

그런데 웬걸, 그새 강아지가 개구멍으로 쏙 빠져나가서는

밖에서 멍멍 짖지 뭐야.

'어라? 요놈 봐라.'

호랑이는 다시 담장을 펄쩍 뛰어넘어 밖으로 나갔어.

그랬더니 강아지도 얼른 개구멍으로 쌩 들어가서는

마당에서 멍멍 짖네.

호랑이가 담장을 뛰어넘어 마당으로 들어가면

강아지는 개구멍으로 쌩 나가 밖에서 멍멍 짖고,

호랑이가 다시 담장을 뛰어넘어 밖으로 나가면

강아지도 냉큼 개구멍으로 들어가 안에서 멍멍 짖고…….

이렇게 담을 사이에 두고 호랑이는 담 위로 펄쩍펄쩍,

강아지는 개구멍으로 쌩쌩,

밤새도록 펄쩍펄쩍 쌩쌩, 오락가락 들락날락하는 거야.

새벽이 될 때까지 그러니까 암만 힘센 호랑이라도 지칠 수밖에.

다리가 후들거려 담을 넘기는커녕 서 있기도 힘들 지경이야.

'끄응, 분하다. 오늘은 그냥 가지만 내일 다시 오마.'

호랑이는 절뚝거리며 산으로 돌아갔어.

"어쩌자고 겁도 없이 호랑이랑 겨루었니?"

아이는 강아지를 꼭 안아 줬어.

강아지도 아이 몸에 얼굴을 비비며 꼬리를 흔들었어.

자기 딴엔 식구들을 지켜 주려고 호랑이와 맞섰나 봐.

다음 날 밤이 되자 호랑이가 또 나타났어.

어젯밤이랑 똑같은 일이 일어났지.

호랑이가 담을 넘어 마당으로 들어가면

강아지는 개구멍으로 밖에 나가 멍멍 짖고,

호랑이가 담을 넘어 밖으로 나가면

강아지는 개구멍으로 안에 들어가 멍멍 짖고.

그러니 호랑이는 분통이 터지지.

'에잇, 저 쪼그만 녀석을 어떻게 한다?'

호랑이가 궁리 끝에 꾀를 하나 생각해 냈어.

뭐고 하니 담을 넘는 척하면서

담 밑에 납작 엎드린 거야.

그러고는 입을 쩍 벌려서 개구멍에 바짝 갖다 댔지.

그런 호랑이 속셈을 강아지가 알 턱이 있나.

호랑이가 담을 넘어간 줄만 알고 개구멍으로 쌩 달려 나갔지.

그러니 어떻게 됐겠어?

개구멍을 빠져나가자마자 호랑이 입으로 쏙 들어갔지.

호랑이는 강아지를 꿀꺽 삼켜 버렸어.

'요놈, 드디어 잡아먹었다.'

호랑이는 신나서 으쓱으쓱 산으로 올라갔어.

그런데 뭔가 이상해.

궁둥이 쪽에서 '멍멍' 강아지 짖는 소리가 들리는 거야.

'엥? 아까 틀림없이 잡아먹었는데 어떻게 된 거지?'

뒤를 돌아봐도 아무것도 없어.

꼬리에 가려서 안 보이는 건가 싶어,

고개를 돌려 자기 꼬리를 물고서 봤지.

그래도 안 보여. 멍멍 소리는 더 크게 들리는데 말이야.

'이놈이 대체 어디 있는 거야?'

호랑이는 꼬리를 문 채 오른쪽으로 빙빙 돌았어. 아무것도 안 보여.

이번엔 왼쪽으로 뱅뱅 돌았지. 역시 아무것도 없어.

요리 돌고 조리 돌고, 빙빙 돌고 뱅뱅 돌고, 빙빙 뱅뱅, 빙빙 뱅뱅……

호랑이는 밥도 못 먹고 잠도 못 자고 하루 종일 빙빙 뱅뱅 돌다가

그만 어지럼병이 나서 픽 쓰러져 죽어 버렸어.

한편, 집에 있던 아이는 강아지가 안 보이니 걱정이 되잖아.

온 동네를 찾아다니다가 마지막으로 산에 올라가 봤어.

아니나 다를까, 강아지 짖는 소리가 들리는 거야.

소리를 따라가 보니 호랑이가 벌러덩 누운 채 죽어 있는데,

그 호랑이 궁둥이 쪽에서 소리가 나.

아이고머니, 호랑이 똥구멍에 강아지 머리가 삐죽 나와 있지 뭐야.

강아지가 호랑이 입으로 쏙 들어가서,

쌩하고 뱃속을 지나 똥구멍에 가서 딱 걸린 거지.

아이는 강아지를 구해 내고, 호랑이 가죽을 팔아서

어머니랑 세 식구 오래오래 잘 먹고 잘 살았대.

약방귀

장은영

옛날 어느 마을에 노총각 나무꾼이 홀어머니와 함께 살았어.

날마다 산에 가서 나무해다 팔아 겨우 끼니를 이었지.

그런데 어느 해 겨울엔 몇 날 며칠 눈이 내리는 거야.

"눈이 그쳐야 나무하고,

　나무해야 어머니 밥을 지어 드릴 텐데……."

　이제나저제나 눈이 멈추길 기다리던 나무꾼은

할 수 없이 눈발을 뚫고 산에 갔어.

쌓인 눈에 발이 푹푹 빠져도 온 산을 헤매며 나무를 했지.

　고생 끝에 나무 한 짐 해서 집에 가려고 고개를 넘는데,

고갯마루에 호랑이 한 마리가 떡하니 서 있지 뭐야.

어쩌나 하는데, 어느새 호랑이가 사라졌네.

나무꾼은 가슴을 쓸어내리며 고개를 넘었어.

집에 돌아온 나무꾼은 어머니 밥을 지어 드리고 나서,

먹을거리 걱정을 하다가 잠이 들었어.

그런데 꿈속에 수염이 허연 할아버지가

지팡이를 짚고 나타난 거야.

"나는 이 산을 지키는 산신령이니라.

그동안 너를 쭉 지켜보았다. 참으로 효성이 지극하더구나.

내일 날이 밝으면 저 앞산 골짜기로 가거라.

거기 커다란 바위 밑을 파면 항아리가 하나 나올 것이니,

그 속에 든 걸 모두 먹어라. 그러면 좋은 일이 생길 것이다."

이튿날, 나무꾼은 서둘러 앞산으로 갔지.

바위 밑을 파고 또 팠더니 정말 항아리가 하나 나오네.

뚜껑을 열고 속에 든 걸 손가락으로 찍어 맛을 보니 달달하거든.

나무꾼은 그걸 모두 먹었어.

그러고는 나무를 한 짐 해서 집으로 돌아왔지.

돌아와서는 독에 남은 곡식을 모두 긁어 밥을 지었어.

"어머니, 배고프시지요?

내일은 장에 가서 생선 한 마리 사 올게요.

오늘은 반찬이 없네요. 뽀옹!"

나무꾼은 갑자기 방귀를 뀌었어.

"얘야, 이게 무슨 냄새냐?

이 냄새를 맡으니 밥을 안 먹어도 배부르고

갑자기 기운이 나는 게 참 신기하구나."

어머니 말에 나무꾼은 고개를 갸우뚱했어.

'왜 그러지? 나는 그저 방귀를 뀌었을 뿐인데……'

다음 날, 나무꾼은 어제 해 온 나무를 가지고 장에 갔어.

"나무 사세요. 활활 잘 타는 나무 사세요. 뽀옹!"

나무꾼은 얼굴이 빨개졌어.

혹시 누가 방귀 소리를 들었을까 봐

둘레 사람들 눈치를 봤지.

"아이고, 냄새가 참 좋네."

"아까까지만 해도 속이 더부룩했는데

갑자기 편안해졌어."

사람들이 모두 나무꾼을 바라보는 거야.

"아니에요, 난 그저 방귀를……."

나무꾼은 부끄러워하며 손을 내저었어.

"아니, 이 좋은 냄새가 방귀 냄새란 말이야?"

"병을 없애 주고 기분까지 좋게 만드는 방귀로구나.

거참 신통하네."

그 가운데서 얼굴이 누렇게 뜬 노인이 다가와 사정을 해.

"이보시오. 내가 오랫동안 아파서

이제나저제나 죽을 날만 기다린다오.

제발 그 방귀 한 번만 뀌어 주시오.

내 돈은 달라는 대로 주겠소."

"이렇게 사정하는데 한번 뀌어 주구려."

다른 사람들도 함께 부탁을 해.

나무꾼은 몹시 쑥스러웠지만

사람들 부탁을 거절할 수가 없었어.

"우리가 장단을 맞출 테니 뀌어 보시오. 하나, 둘, 셋!"

"뽀오옹!"

"정말 희한하구만.

몸에 힘이 생기고 아픈 곳이 싹 사라지네그려."

병이 다 나아 기분이 좋아진 노인은

환한 얼굴로 덩실덩실 춤을 추었어.

그 모습을 본 사람들이 한꺼번에 몰려들었지.

"그 방귀 한 번만 더 뀌어 주시오.

요즘 머리가 깨질 것처럼 아파서 살 수가 없다오."

"나는 통 기운이 없어 살맛이 안 나는구려.

소원이니 방귀 좀 뀌어 주시오."

나무꾼은 어리둥절했지만 많은 사람들이 부탁을 하는데

거절할 수가 있어야지.

"이번에는 우리가 더 크게 장단을 맞출 테니

방귀 한번 시원하게 뀌어 보시오. 하나, 둘, 셋!"

나무꾼은 있는 힘껏 배에 힘을 주었어.

"뽀오오오옹!"

"어? 기운이 돌아왔네. 아픈 데가 싹 사라졌어."

"나도 머리가 하나도 안 아파."

"그 방귀 참 신통하다. 약방귀네, 약방귀야!"

사람들이 나무꾼에게 고맙다며 앞다투어 돈을 건넸지.

눈 깜짝할 사이에 커다란 자루에 돈이 가득해졌어.

　나무꾼은 그 돈으로 고기도 사고 생선도 사고,

어머니 설빔*까지 장만해서 집으로 돌아왔지.

　그 뒤로도 나무꾼은 방귀로 사람들 병을 고쳐 주며 살았어.

방귀 뀌어 번 돈으로 집도 사고 장가도 들어,

어머니 모시고 오래오래 잘 살았대.

* 설빔: 설날에 입는 새 옷이나 신발.

밥장군

이민숙

옛날 어느 마을에 한 총각이 늙은 부모와 살고 있었어.

총각은 밥을 얼마나 잘 먹는지 몰라.

한 끼에 열 그릇 스무 그릇도 마다하지 않고 먹었지.

밥을 그리 많이 먹으니까 똥도 많이 눴어.

한 번에 남들 열 배 스무 배나 눴지.

덩치도 산만큼 커서 사람들은 총각을

밥장군이라 불렀어.

그런데 밥장군은 보기와 달리 영 허깨비야.

밥공기 하나 제대로 못 들 만큼 힘이 없었지.

그러면서도 큰소리 하나는 떵떵 잘 쳐.

힘은 못 쓰고 밥만 축내는 아들을 보다 못해

늙은 부모는 밥장군을 내쫓아 버렸어.

"나가서 밥벌이를 할 수 있을 때까지 얼씬도 하지 마라!"

쫓겨난 밥장군은 걷고 또 걸었지.

산길을 걷는데 날이 금세 어둑해지네.

그때 저 멀리 초가집 한 채가 보여.

들어가 보니 할머니 혼자 툇마루에 앉아

훌쩍훌쩍 울고 있는 거야.

"왜 울고 계시오?"

"영감이 몇 달 전에 집채만 한 호랑이한테 물려가 죽었수.

아들 삼 형제가 날마다 호랑이를 잡겠다고 산에 올라가는데

아들까지 잃을까 봐 걱정돼서 운다오."

"그까짓 호랑이가 뭐가 무섭다고 그러시오.

내가 잡아 줄 테니 걱정 마시오."

밥장군은 큰소리를 쳤어.

할머니는 밥장군을 위아래로 훑어보고는

힘깨나 쓰는 총각일 거라고 생각했지.

"밥은 먹었수?"

때마침 밥장군 뱃속에서 꾸르륵 소리가

천둥처럼 크게 울리거든.

할머니는 부엌에서 밥을 꾹꾹 눌러 담아 한 상 차려 왔지.

밥장군은 한 그릇을 뚝딱 먹어 치웠어.

그리고 할머니가 밥을 퍼 나르기 바쁘게

또 한 그릇, 또 한 그릇…….

한 솥 가득 지은 밥이 금세 동나 버렸지.

때마침 삼 형제가 산에서 내려왔어.

할머니가 호랑이 잡을 장군이라고 하자

삼 형제가 넙죽 절을 올려.

다음 날 아침에 밥장군은 밥을 스무 그릇이나 먹고

삼 형제와 함께 집을 나섰어.

"우리가 산 위로 올라가 호랑이를 아래로 몰 테니

장군님은 여기서 기다렸다가 놈을 잡으십시오."

한참 기다리니까 아니나 다를까,

집채만 한 호랑이가 산 밑으로 무섭게 내달려 와.

호랑이는 밥장군을 보자마자

금방이라도 잡아먹을 기세로 으르렁거렸어.

밥장군은 놀라서 얼른 옆에 있는 나무로 기어올랐지.

호랑이도 입을 쩍 벌리고서 나무를 타고 올라오네.

밥장군은 덜덜 떨다가 자기도 모르게 똥을 싸고 말았어.

'뿌지직, 퍽!'

호랑이 입으로 똥이 한 무더기 들어갔어.

'뿌지직, 퍽, 퍽, 퍼벅!'

똥이 연거푸 호랑이 입속으로 쏟아졌지.

호랑이는 그만 목구멍이 턱 막혀 캑캑거리다

나무에서 떨어져 죽고 말았어.

나무에서 내려온 밥장군은 호랑이 등에 떡하니 올라앉았지.

뒤늦게 삼 형제가 달려오더니

깜짝 놀라며 어떻게 잡았냐고 물어.

"뭐, 힘 하나 안 들이고 잡았소."

밥장군은 어깨를 으쓱했지.

"장군님은 세상에서 으뜸가는 장사입니다.

우리 원수를 갚아 주어서 정말 고맙습니다."

삼 형제는 보답으로 곡식과 옷감, 인삼을 바리바리 챙겨 줬어.

밥장군은 그 가운데 가장 가벼운 인삼 몇 뿌리만 받아서

품에 넣고 집으로 갔지.

가다 보니 어느 집 앞에서 한 아이가 울고 있는 거야.

"왜 우는 게냐?"

"집에 도둑이 들어 식구들을 묶어 놓고 물건을 빼앗고,

그러고선 여태 가지도 않고 있어요."

"내가 쫓아 줄 테니 걱정 마라."

밥장군은 큰소리를 치고 집 안으로 들어갔어.

가 보니 도둑이 뻔뻔스레 문턱을 베고 자고 있지 뭐야.

밥장군은 몽둥이로 내려치고 싶었지만 몽둥이 들 힘이나 있어?

대신 아이한테 몽둥이로 도둑을 내리치고 얼른 숨으라 했지.

매를 맞은 도둑은 깜짝 놀라 두 눈을 부릅뜨고 벌떡 일어났어.

"어떤 놈이냐!"

도둑은 두리번거리다 밥장군과 눈이 딱 마주쳤어.

덩치가 산만 한 장사가 구부정하니 내려다보는데,

마치 저승사자 같은 거야.

"이놈! 내가 새끼손가락으로 튕겼기에 이만했지,

엄지손가락으로 튕겼으면

네놈은 벌써 저세상 사람이 되었을 게다!"

밥장군이 허공에 손가락을 튕기며 큰소리를 쳤어.

도둑은 겁이 나서 얼굴이 허옇게 질렸지.

부들부들 떨면서 잘못했다고 싹싹 빌고는

빼앗은 물건을 죄다 내놓고 냅다 달아났어.

그 집 식구들이 고맙다며 곡식을 스무 가마나 챙겨 주는데

그걸 들 힘이 없는 밥장군은 됐다고 손사래를 쳤어.

식구들은 그 속도 모르고 겸손하다고 감탄하면서

사람을 시켜 곡식 가마니를 밥장군의 집까지 가져다주었지.

밥장군은 그 곡식과 인삼 덕분에 부자가 됐어.

그리고 늙은 부모와 오래오래 행복하게 살았대.

꿩이 준 선물

장은영

옛날 어느 마을에 욕심 많은 형과 가난한 아우가 살았어.

형은 부자였지만 어찌나 구두쇠인지,

늙은 어머니 끼니조차 하루에 한 끼씩만 챙겼어.

어머니는 겨우 숨만 붙어 있었지.

보다 못한 아우가 형에게 청했어.

"형님, 어머니가 기운을 못 차리시니

고깃국이라도 끓여 드리는 게 어떨까요?"

"이놈아, 고기 살 돈이 어디 있어?

그렇게 걱정되면 네가 모셔라."

형은 기다렸다는 듯이 어머니를 아우에게 떠넘겼지.

아우는 군말 없이 어머니를 모셔 왔어.

그러고는 없는 살림이지만 정성껏 음식을 대접했어.

하루는 형이 일하러 오라고 아우를 부르네.

품삯 한 푼 주지 않는다는 걸 알지만

착한 아우는 불평 한마디 없이 가서 일을 했지.

끼니때가 되자 형이 팥죽을 내왔어.

아우는 팥죽을 조금만 먹고 나머지는 덜어서 상 밑에 놓았지.

"왜 다 먹지 않고 덜어 놓는 게냐?"

"어머니가 몇 번이고 문을 열어 보면서 저를 기다릴 텐데,

혼자만 먹으려니 마음에 걸려서요.

이건 어머니 갖다드려야겠어요."

아우 말을 들은 형은 집에 갈 때 싸 줄 테니 다 먹으라고 했어.

그 말을 들은 아우는 마음 놓고 남은 팥죽을 꺼내 맛나게 먹었지.

일이 끝나자 아우는 형한테 집에 간다고 말했어.

그런데 형은 알았다면서 팥죽 얘기는 꺼내지도 않는 거야.

아우는 형수에게 다시 말했지.

형수도 잘 가라고 하고는 안방으로 쏙 들어가 버려.

아우는 하릴없이 빈손으로 나왔지.

터덜터덜 집으로 가는데,

달고 맛있는 팥죽을 어머니 갖다드리면

얼마나 잘 드실까 싶어 한숨이 나왔어.

"왜 그렇게 한숨을 쉬세요?"

　갑작스러운 소리에 아우는 고개를 들었지.

아, 근데 꿩 한 마리가 빤히 쳐다보고 있네.

아우는 답답한 속마음을 꿩에게 털어놓았어.

　"형 집에 갔다가 어머니 드리려고 팥죽을 남겼거든요.

　근데 형이 집에 갈 때 싸 준다고 다 먹으라 하더니 안 줬어요.

　맛난 팥죽을 어머니께 못 드리게 되어 속상해서 그래요."

　"그러면 제가 좋은 방법을 알려 줄게요.

　집에 가면 마당에 꿩 한 마리가 죽어 있을 거예요.

　무덤을 만들어 주고,

　그 위에 모래 한 말 붓고 다시 물 한 말을 부어 두세요."

　말을 마친 꿩은 푸드덕 날아가 버렸어.

아우가 집에 돌아와 보니 정말로 마당에 죽은 꿩이 있는 거야.

아우는 꿩을 마당가에 고이 묻어 주고,

무덤 위에 모래 한 말, 물 한 말을 부어 두었지.

그랬더니 신기하게도 무덤에서 왕대나무 싹이 올라오더니,

쑥쑥 자라는데 얼마나 잘 자라는지 몰라.

사흘 만에 하늘 높이 까마득하게 자랐어.

아우가 어디까지 자랐는지 올려다보는데,

갑자기 하늘에서 쌀이 쏟아져 내리지 뭐야.

쑥쑥 자란 대나무가 하늘 나라 곳간에 닿아서, 구멍을 낸 거지.

몇 날 며칠 쏟아진 쌀은 수만 석이 넘었어.

아우는 그 쌀을 팔아 땅을 사고 집을 지어

어머니와 함께 잘 살았지.

그 소식을 들은 형이 부리나케 동생을 찾아왔어.

"너 어떻게 이런 부자가 되었느냐?"

아우는 형에게 그동안 있었던 일을 모두 말해 주었지.

아우 말을 들은 형은 욕심이 났어.

지금도 부자인데, 하늘에서 내리는 쌀까지 더하면

더 큰 부자가 되는 거잖아.

자기도 아우처럼 해야겠다고 마음먹었어.

"내일 내가 다시 올 테니 팥죽을 끓여 놓아라."

다음 날 아우네 집에 온 형은 대충 일하는 시늉을 하고는,

아우가 한 것처럼 팥죽을 덜어 상 밑에 놓았어.

"형님, 왜 그러십니까?"

"어머니 갖다드리려고 그런다."

형은 어머니가 동생네 집에 있는데도

마치 자기 집에 있는 양 대답했지.

그리고는 아우가 싸 주는 팥죽도 뿌리치고

빈손으로 집에 가겠다고 나섰어.

가다가 크게 한숨을 내쉬었더니,

아니나 다를까 꿩이 나타나 까닭을 물어.

"어머니한테 팥죽 한 그릇 드리려고 했는데,

동생도 제수씨도 안 주더라. 그래서 섭섭해서 그런다."

이번에도 꿩은 집에 가서

죽은 꿩 무덤 위에 모래 한 말 붓고,

물 한 말을 부으라고 했지.

집으로 돌아온 형은 꿩이 시키는 대로 했어.

그랬더니 정말로 무덤에서 대나무가 올라오더니

하늘 높은 줄 모르고 쑥쑥 자라네.

형은 목을 길게 빼고 이제나저제나 쌀이 쏟아지기를 기다렸지.

그때 뭔가가 하늘에서 와르르 쏟아져 내리는 거야.

형은 쌀이 쏟아지는 줄 알고 얼싸 좋다고 춤을 추었어.

그런데 애개, 이게 뭐야.

갑자기 머리 위로 똥 무더기가 쏟아져 내리네.

쑥쑥 자란 대나무가 이번에는

하늘 나라 뒷간을 찔러 구멍 내 버린 거야.

눈 깜짝할 새에 형은 똥 무더기 속에 빠졌어.

으리으리한 형네 집도 온통 똥으로 덮여 버렸대.

은혜 갚은 자라

김시언

옛날 옛적 어느 마을에 한 농부가 아들과 함께 살았어.

농부는 부지런히 농사를 지어서 그럭저럭 먹고살 만했지만

다른 걱정거리가 있었어.

다 큰 아들이 도무지 일할 생각을 안 하는 거야.

하루는 농부가 아들한테 물었어.

"너도 이제 나이가 열다섯이다. 도대체 언제 일할 거냐?"

"아버지, 저는 농사짓기가 너무 무서워요."

"아니, 농사일이 왜 무섭다는 거냐?"

"호미질할 때마다 벌레를 죽이게 되잖아요.

그게 너무 무섭고 싫습니다. 벌레가 너무 가여워요.

다른 일을 하고 싶어요.

돈 쉰 냥만 있으면 장사를 할 수 있을 것 같아요."

농부는 어이가 없었지. 다 큰 아들이 벌레 죽이는 게 무서워

농사를 못 짓겠다니 말이야. 하지만 어쩌겠어? 제가 싫다는걸.

머칠 뒤 농부는 아들을 불러 돈 쉰 냥이 든 보자기를 건넸지.

"옜다, 하고 싶다던 장사를 해 봐라."

"고맙습니다."

아들은 아버지한테 받은 돈 보자기를 허리춤에 질끈 묶고는

집을 나섰어. 마을을 벗어나 한양으로 가는 배를 탔지.

도중에 한 나루에서 어떤 장사꾼이 큰 물통을 가지고 배를 타네.

아들은 물통 안에 뭐가 들었는지 궁금해서 들여다봤지.

그랬더니 글쎄, 등짝이 시커먼 자라 수십 마리가

포개진 채 헐떡거리는 게 아니겠어?

아들은 자라들이 마치 자기한테 살려 달라고 애원하는 것 같았어.

차마 못 본 체할 수 없어서 장사꾼에게 물었어.

"저 자라를 어디에 쓰실 겁니까?"

"자라를 약으로 쓰는 사람이 정말 많다네.

한양 장터에 내놓으면

금세 팔리지."

"값은 얼마나 나가나요?"

"한 마리에 한 냥씩,

모두 쉰 마리니까 쉰 냥일세."

아들한테는 마침 쉰 냥이 있잖아.

장사할 돈이지만 어떡해? 자라부터 살리고 봐야지.

아들은 아버지한테 받은 쉰 냥을 보자기째 내줬어.

그러고는 자라를 받아 모두 물속에 놓아줬지.

'에그, 이제 돈 한 푼 없으니 무슨 수로 장사를 하나?

집으로 돌아가는 수밖에……'

아들은 다음 나루에서 배에 내려

터덜터덜 집으로 발길을 옮겼지.

뱃삯도 없으니 걸어갈 수밖에 없었어.

한편 농부는 날마다 한양 쪽 하늘을 바라보면서 아들 생각을 했지.

한양에는 잘 갔는지, 장사는 잘 하는지, 밥은 제때 먹는지,

하나부터 열까지 다 걱정됐거든.

하루는 농사일을 마치고 집에 돌아오니

검은 옷을 입은 젊은이들이 우르르 몰려와

넙죽 큰절을 올리는 거야.

"아니, 젊은이들은 대체 누구요?"

"드릴 것이 있어서 왔습니다."

그러면서 보자기와 호미를 내미네.

농부는 얼떨결에 받아들었지.

어라, 자기가 아들한테 준 그 돈 보자기지 뭐야.

"아니, 이 돈이 어떻게?"

"저희가 아드님한테 큰 은혜를 입었습니다.

돈은 본디 아드님 것이라 돌려 드리는 것이고,

호미는 저희가 드리는 조그만 선물입니다.

아드님이 돌아오면 전해 주십시오."

젊은이들은 다시 큰절을 올리고는

더 물어볼 새도 없이 가 버리네.

며칠 뒤 아들이 거지꼴이 되어 집에 왔어.

농부는 아들에게 돈과 호미를 내밀었지.

아들은 눈이 휘둥그레졌어.

"아니, 이 돈이 어떻게 여기에 있죠?"

"검은 옷을 입은 젊은이들이 주고 갔다.

이 호미도 너한테 주라고 하더라."

아들은 배에서 있었던 일을 아버지한테 차근차근 말해 주었어.

"곧 죽게 될 자라들이 너무 불쌍했어요.

아버지가 주신 돈 쉰 냥으로 자라를 사서 물속에 놓아주었지요.

그리고 나니 빈털터리가 돼서 장사도 못 하고 이렇게 돌아왔답니다."

"아마도 네가 살려 준 자라들이 은혜를 갚으려고

검은 옷을 입은 젊은이들 모습으로 나타났나 보다.

너는 좀 쉬어라. 나는 김매러 밭에 나가 봐야겠다."

하지만 아들은 젊은이들이 주고 간 호미를 들고 아버지를 따라갔어.

호미질할 때마다 벌레를 죽이는 게 너무 싫었지만,

장사 한번 해 보지도 못하고 돌아온 게 정말 미안했거든.

아들은 밭에 가서 조심스럽게 호미질을 했어.

그런데 어라, 이게 웬일이야? 호미를 흙에 갖다 대기도 전에

흙 속에 있던 벌레들이 알아서 스르르 피하네?

그러니 죽는 벌레가 한 마리도 없어.

"야, 이것 참 신통방통하다."

아들은 마음 놓고 호미질을 했지.

벌레 죽일 일이 없으니 무서울 것도, 싫을 것도 없잖아.

그날부터 아들은 아버지와 함께 부지런히 농사를 지었어.

그런데 더 신통한 것은,

아들이 호미질한 곳은 농사가 몇 배로 더 잘되는 거야.

열매 한두 개 열리던 곳에 열 개 스무 개가 열리고,

곡식 한두 가마 나던 곳에 열 가마 스무 가마가 난단 말이야.

그래서 농부네 집은 부자가 됐어.

자라가 준 신통방통한 호미 덕분에 농사가 푸지게 잘되니

부자가 안 될 수 있나.

그 뒤로도 아들과 아버지는 부지런히 농사지으며 잘 살았대.

벌레 한 마리 목숨도 소중히 여기고,

가난한 사람들도 도와주면서 말이야.

호랑이와 에비

김순애

    옛날 옛적 깊은 산속에 겁 많은 호랑이가 살았어.

낮에는 숲속에 숨어 있다가

밤에 몰래 마을로 내려와 집짐승을 잡아먹었지.

그날 밤에도 배고픈 호랑이는 어김없이 마을로 내려왔어.

   '어디 먹을 게 없나?'

   어슬렁어슬렁 다니다가 어느 집으로 들어갔어.

그 집 외양간에 있는 소를 잡아먹으려고 말이야.

그런데 아무리 살펴봐도 소가 없네. 낮에 주인이 소를 팔았거든.

그걸 호랑이가 알 턱이 있나.

   호랑이가 마당을 나오는데 방 안에서 아이가 우는 거야.

엄마가 젖을 먹여 줘도 울고, 업어 줘도 울어.

아이가 울음을 그치지 않자 엄마가 을러대지.

"뚝! 호랑이 왔다, 호랑이!"

그래도 아기는 울음을 그치지 않네.

밖에 있던 호랑이는 두 번 놀랐어.

자기가 온 걸 엄마가 알고 있어서 놀랐고,

그런데도 아기가 울음을 그치지 않아서 또 놀랐지.

"뚝! 에비* 왔다, 에비!"

그러자 아이가 울음을 뚝 그치지 뭐야. 호랑이는 덜컥 겁났어.

'에비라고? 나보다 더 무서운 놈이 있단 말이야?

어이쿠, 에비한테 잡혔다가는 큰일이구나!'

*에비: 아이들을 겁주거나 그러지 말라고 타이를 때, 무서운 것이라는 뜻으로 쓰는 말.

호랑이는 에비한테 들킬까 봐

얼른 외양간에 들어가 숨었어.

그때 시커먼 것이 호랑이 등에 훌쩍 올라타네.

바로 소를 훔치러 온 소도둑이야.

깜깜해서 호랑이가 소인 줄 알았던 거지.

'겁 없이 내 등에 올라타는 걸 보니 분명 에비로구나!'

호랑이는 에비가 등에 올라탔다고 생각하고

깜짝 놀라서 달아났어.

소도둑은 떨어지지 않으려고

호랑이 등에 착 달라붙었지.

그럴수록 호랑이는 에비를 떼어 내려고 더 빨리 뛰었어.

소도둑은 자기가 탄 것이 호랑이인 줄도 모른 채,

그게 갑자기 날뛰는 바람에 정신을 차릴 수 없었지.

"워, 워! 이놈의 소가 무슨 힘이 이리 센지 사람 잡네그려."

겁에 질린 호랑이는 아무 소리도 들을 수 없었어.

오로지 등에 붙은 에비를 떼어 내려고 달리고 또 달렸지.

그러는 동안 날이 환하게 밝았어.

그제야 소도둑이 정신을 차리고 아래를 내려다봤지.

'세상에, 이게 웬일이야? 소가 아니고 호랑이잖아!'

까딱 잘못해서 등에서 떨어지면 호랑이 밥이 되게 생겼거든.

마침 커다란 나무 아래를 지나고 있었어.

소도둑은 얼른 나뭇가지를 붙잡고 호랑이 등에서 뛰어내렸지.

그러고는 재빨리 나무 구멍으로 들어가 숨었어.

호랑이는 등이 가벼워지자,

이제야 에비가 떨어진 걸 알았지.

하지만 혹시나 하는 마음에 달리는 걸 멈추지 않았어.

한참을 뛰어가는데 토끼가 호랑이를 불러.

"호랑아, 무슨 일로 그렇게 뛰어가니?"

"아이고, 말도 마라.

밤새 에비한테 붙잡혀서 죽을 뻔했다.

겨우 떼어 냈는데 다시 붙을까 봐 도망가는 중이다."

"에비가 뭔데? 우리 같이 잡으러 가자!"

토끼가 앞장서자 호랑이는 부들부들 떨면서도 뒤따라갔지.

한편 나무 구멍에 숨은 도둑은 집에 가려고 밖을 내다봤어.

그런데 이를 어째? 호랑이가 토끼랑 다시 이쪽으로 오고 있잖아.

"아이고! 큰일났다. 어떻게 호랑이 놈을 쫓아 버린담."

이 궁리 저 궁리 해 봐도 좋은 수가 있어야지.

소 훔치려다가 이렇게 호랑이한테 잡아먹히는구나 생각하고

눈을 한 번 감았다 떴을 때였어.

저 구석에 왕벌집이 보이는 거야.

'옳지, 죽으란 법은 없구나.'

　도둑은 벌집을 따서 호랑이 앞에 냅다 던졌어.

벌집에서 나온 왕벌들이 호랑이를 마구 쏘아 댔지.

　호랑이는 펄쩍펄쩍 뛰면서 소리쳤어.

　"아이고, 호랑이 살려! 에비가 기어이 날 죽이는구나!"

　그러면서 뒤도 안 돌아보고 꽁지 빠지게 도망쳤어.

　한참을 달려가다 보니 냇물이 보이네.

힘이 쭉 빠진 호랑이는 에비가 쫓아오지 않는다는 걸 확인하고

잠깐 물이라도 마실 참으로 멈춰 섰지.

어제부터 아무것도 못 먹고 뛰어다녔으니

목이 마를 만도 하지.

　그때 냇가에서는 아낙이 빨래를 하고 있었어.

아낙은 호랑이가 뛰어오는 걸 보고

후다닥 물속으로 들어갔지.

빨래하던 참이라 한 손에는 빨랫방망이를 들고,

머리에는 얼른 함지박을 뒤집어썼어.

　호랑이는 물을 먹으려고 냇물로 다가가다가 깜짝 놀랐어.

얼굴도 없는 것이 몽둥이를 들고 물에 떠 있거든.

　'이키, 저놈이 에비구나!

　날 잡아먹으려고 여기서 기다렸구나!'

　호랑이는 에비한테 잡힐까 봐

걸음아 날 살려라 하고 아주 멀리 달아났대.

지금도 호랑이는 에비가 무서워

깊은 산속에 숨어 살고 있다지.

개똥이네 책방 56

와글바글 동물 옛이야기

2025년 1월 2일 1판 1쇄 펴냄

글 김세진, 김순애, 김시언, 김효경, 민병숙, 백혜영, 이민숙, 임민영, 장은영, 천선옥
그림 이은주 | **감수** 서정오
편집 김누리, 김성재, 이경희, 임헌, 최한나 | **디자인** 한아람 | **제작** 심준엽
영업마케팅 김현정, 심규완, 양병희 | **영업관리** 안명선 | **새사업부** 조서연
경영지원실 노명아, 신종호, 차수민
분해 (주)로얄프로세스 | **인쇄와 제본** (주)상지사 P&B

펴낸이 유문숙 | **펴낸 곳** (주)도서출판 보리 | **출판 등록** 1991년 8월 6일 제 9-279호
주소 (10881) 경기도 파주시 직지길 492 | **전화** 031-955-3535 | **전송** 031-950-9501
누리집 www.boribook.com | **전자우편** bori@boribook.com

ⓒ 김세진, 김순애, 김시언, 김효경, 민병숙, 백혜영, 이민숙, 임민영, 장은영, 천선옥, 이은주, 2025

값 18,000원

보리는 나무 한 그루를 베어 낼 가치가 있는지 생각하며 책을 만듭니다.

ISBN 979-11-6314-392-5 73810

제품명 : 도서 제조자명 : (주) 도서출판 보리 주소 : (10881) 경기도 파주시 직지길 492 전화번호 : (031) 955-3535
제조년월 : 2025년 1월 제조국 : 대한민국 사용연령 : 8세 이상 주의사항 : 책의 모서리가 날카로우니 다치지 않게 주의하세요.
KC 마크는 이 제품이 공통안전기준에 적합하였음을 의미합니다.